集英社オレンジ文庫

王女の遺言 3

ガーランド王国秘話

久賀理世

Contents

Characters
アレクシア
ガーランド王国の王女。17歳。
国王エルドレッドと、王妃メリルローズの娘。
大国ローレンシアの王太子との政略結婚が決まっている。
その婚姻によって、アレクシアはガーランドの
王位継承権を放棄することになる。
ディアナ
《白鳥座》の役者。グレンスター公から極秘の依頼を受け、
「アレクシア王女」の身代わりを務めることになる。
ディアナの顔立ち、体つきは、アレクシアとそっくりであるらしい。

エリアス
アレクシアの異母弟。
産褥で母を亡くしており、姉の
アレクシアを誰よりも慕っている。
聡明ではあるが、病がち。
男子優先長子相続のため、
王太子としての教育を
受けている。
ガイウス
アレクシアの護衛官。25歳。
名門アンドルーズ侯爵家の嫡男で、
かつての戦役でめざましい武勲をあげた軍人。
アレクシアに君主としての資質をみている。
ウィラード
アレクシアの異母兄。
庶子ではあるが、宮廷で養育された。
非常に有能で、父王の右腕として
政務を助けているが、
王位継承権はない。
グレンスター公
グレンスター公爵家当主。
今は亡き王妃メリルローズの弟で、
アレクシアの叔父にあたる。
アシュレイ
グレンスター公の嫡男。
アレクシアにとっては従兄。
アレクシアの身代わりとなった
ディアナの世話役をしている。

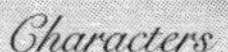

Characters

セラフィーナ

十年前、大逆罪で処刑された王弟ケンリックの娘。22歳。長らく辺境の古城・小夜啼城で幽閉生活を送っていたが、ウィラードの尽力で王位継承権が回復、宮廷に呼び寄せられた。

リーランド

《白鳥座》の役者。戯曲なども手がける。ディアナと間違えて、アレクシアを娼館から救い出した。華やかな美青年ながら、やや軽薄な雰囲気。

ノア

《白鳥座》の子役。いたずら好きの小妖精のように愛嬌のある美少年だが、少々口が悪い。ディアナを慕っている。

6年前、アレクシアはお忍びで出かけた市街で、信じがたい出会いを果たす。冷え切った聖堂にいたのは、痩せこけて襤褸をまとっているが、驚くほど自分と似ている少女——。明日にでも自分は“花”を売ることになる、という彼女の言葉を聞いたアレクシアは、自分の着ていた上等な外套をさしだし、伝える。これをお金に換えて、「逃げろ」と。

17歳になったアレクシアは、大国ローレンシアの王太子に嫁ぐため、海を渡っていた。だが、アレクシアたちを乗せた旗艦は正体不明の賊に襲撃を受ける。船首まで追い詰められたアレクシアはそのまま夜の海に投げ出されるが、背中を斬られたガイウスも、主を救うため自ら海に飛び込んだ。

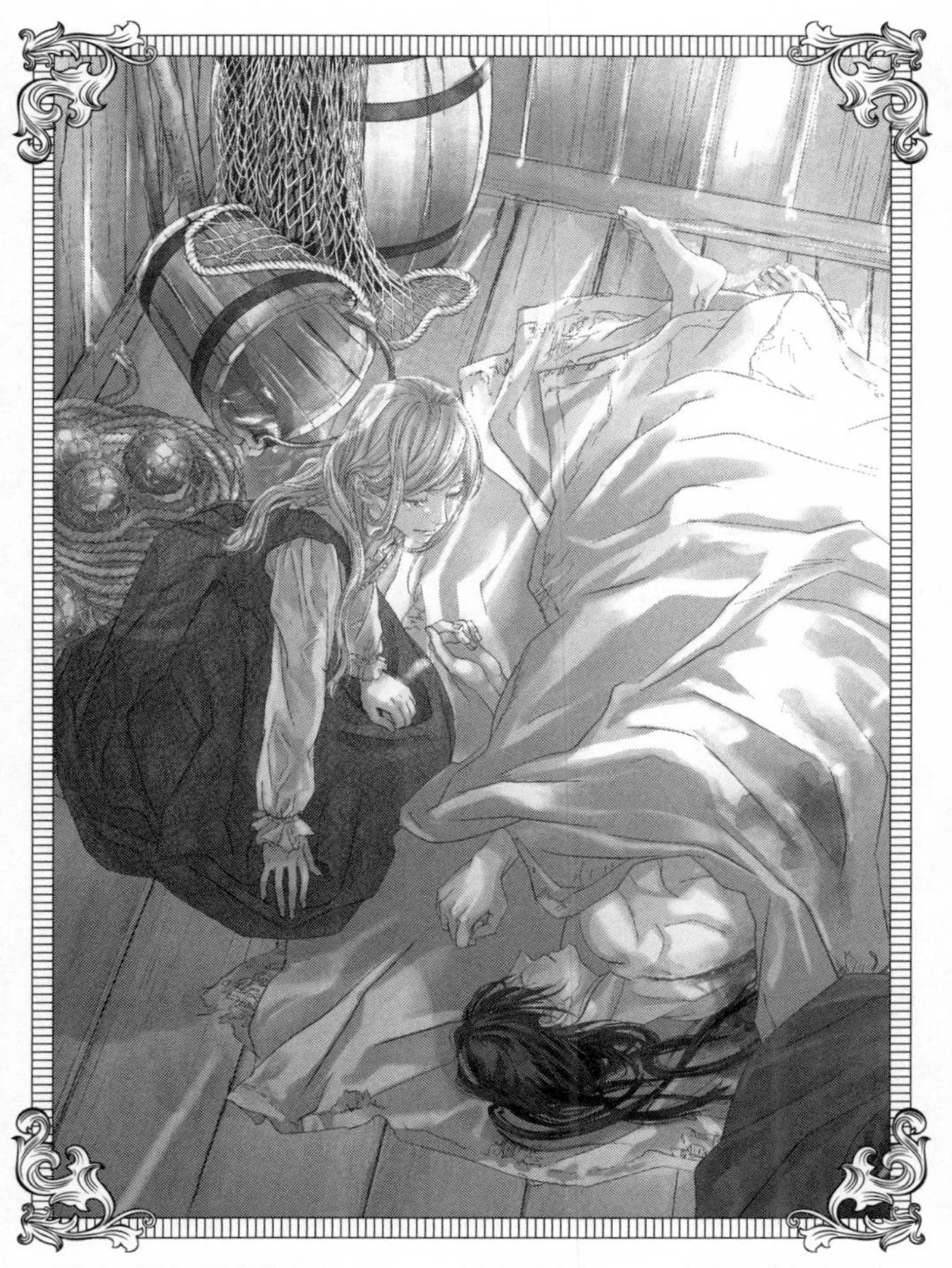

見知らぬ浜辺で目を覚ましたアレクシアは、かたわらで気を失っているガイウスの背中の深い太刀傷に気づく。助けを呼ぶためにひとりでその場を離れるが、運悪く人買いに攫われ、娼館へと売られてしまう。

地方都市で役者をしているディアナは、王女の一時的な代役のため、極秘でグレンスター公爵家に雇われていた。しかし、王女が生死不明であることがわかったうえで、グレンスター公はディアナに王女を演じさせ続ける。一方、「王女」がラグレス城にいること聞きつけたガイウスは、怪我をおして駆けつける。そして王女を演じるディアナを一目で偽者と見抜くが、不在のアレクシアの居場所を守るため、しばらくディアナと協力することに。

アレクシアは娼館に売られたほかの少女たちと協力して脱走を試みるが失敗し、連れ戻されてしまう。そこへ、見知らぬ青年が現れ、火事騒ぎに乗じてアレクシアを娼館から救い出す。だが、リーランドと名乗る青年は「ディアナ」という役者の少女を助けたつもりであった。事情を聞いたリーランドは、ふたりの立場が入れ替わってしまったような今の状況に、何か裏があるのではないかと推測し……。

イラスト／ねぎしきょうこ

王女の遺言 3

The Princess and The Pauper

ガーランド王国秘話

第9章

1

心はいつだってままならない。

あの日の記憶はガイウスにとって、一生涯に一度きりの日蝕(にっしょく)のようなものだ。

禍々(まがまが)しくも神聖で、脳裡(のうり)に灼(や)きついた残像からは永遠に逃れられない。

我にかえったときには、女官(にょかん)の心の臓を短剣でつらぬいていた。

血飛沫(ちしぶき)があがることはなかった。

断末魔の悲鳴を浴びることも。

だが足掻(あが)く鼓動(こどう)がひきつれ、やがて啜(すす)り泣くように絶えるさまが、握りしめたままの柄からありありと伝わってきた。

顔見知りの宮廷女官による、王女アレクシアの暗殺未遂。

十三歳のアレクシアが日課としている、内庭の遊歩のさなかの凶行だった。

トネリコの並木道で、厩舎生まれの仔犬とたわむれていたアレクシアに、木蔭から女官が近づいてきたことには、ガイウスも気がついていた。その時点で違和感をおぼえるべきだったが、人影が若い女ひとりだったがために警戒は遅れた。

アレクシアがかぼそい悲鳴をあげたとき、その姿はすでに木立にひきずりこまれようとしていた。

「――姫さま！」

反射的に地を蹴り、かけつけようとするも、じかに攻撃を防ぐには届かない。

とっさに足許の石を拾いあげ、女官がふりかざした腕めがけて投げつけた。

低くうめいた女官の手から、短剣が弾き飛ばされる。

だがそれで終わりにはならなかった。

女官は踏みとどまり、結いあげた髪から簪を抜き放った。

ガイウスは息を呑んだ。もしもあの切先に毒が仕込まれていたら、わずかに肌をかすめただけでも、命取りになるかもしれない。

ただちに刺客の動きを封じる必要があった。

どんな手を使っても。たとえ相手が非力な女でも。

そんなもっともらしい覚悟は、のちにひねりだした自己弁護にすぎないのだろう。

それゆえ無様に自失したおのれの姿を、アレクシアに晒すことになったのだから。

「お覚悟を！」

ひび割れた声で女官が叫んだとき、アレクシアは仔犬を踏みつけまいとして足をもつれさせ、よろめきかかった樹の幹に背を塞がれていた。

ガイウスは女官の懐に飛びこみ――相手もろとも草地に崩れ落ちた。驚愕にみはられた双眸が、やがて痛みに歪み、涙をにじませながら光を失うさまを見届けながら。

その一部始終を、アレクシアもまた瞬きもせずにみつめていたのだ。

その様子をまのあたりにして、ガイウスは自分のしたことを悟った。

こんな顔をさせるべきではなかった。

泣きわめかれたほうが、まだましだった。

責められ、なじられ、憎まれてやるべきだった。

なにも殺めることはない、いくらでも手加減をしてやれたのに、望みもしないのにひどいことをする冷酷な男だと。

だがそうする代わりに、アレクシアは踏みしだかれた草地にひざまずいた。ガイウスの指を一本ずつ柄から剝がし、華奢な両手につつんで胸許にひきよせると、

「ガイウス。ありがとう。おまえに命を救われた」

怯えた獣をなだめるように、くちづけながらささやいた。

「なにもかもおまえのおかげだ。おまえがいてくれてよかった」

祈るように、くりかえし、ただ感謝のみを伝えた。

かすかにふるえ続けるくちびるで、ガイウスの罪を吸い取り、おのれの絶望を呑みこむように、許しは請わずに赦しを与えた。

だがそのくちびるが、あらたな罪を芽生えさせたことを、彼女は永遠に知らないままだろう。遠く崇める天の火輪は、その身に影を呑みこんで、ようやく下界の者にもみつめるに能うものになる。

匂いたつ血と死の香りにつつまれた、春の陽の記憶。

あの日からずっと、ガイウスの目は眩んだままだ。

心はいつだってままならない。

忘れようとすればするほど、意識せずにはいられなくなったり、そばにいてあたりまえの相手がいなくなって、急にその存在が気にかかりだしたりもする。

「こんなときにかぎって、ガイウスがそばにいないなんてね」

鏡台と向かいあい、ディアナはひとりぼやいた。

すでに身支度はすませていても、朝の鏡に映る自分は、どうにも不甲斐なく感じられてならない。

ガイウスが宮廷を留守にして、すでに三度めの朝を迎えてしまったが、やはり音沙汰はないらしい。

全力で守ると誓っておきながら、あっさり破ってくれたものだ。おかげでアシュレイとふたりきりになる機会が増えて、いたたまれないことこのうえない。

――きみに惹かれている。きみがアレクシアの身代わりでなく、きみだからこそそばで守りたいと望まずにいられないんだ。

そんな想いを吐露しておきながら、当のアシュレイはこれまでと変わらぬ調子で接してくるため、自分だけが大袈裟に受けとめているようで、なおさら我が身が情けないばかりである。いくら忘れてほしいと告げたからといって、すぐに心をひるがえせるはずもないだろうに。

ぱしぱしと頬を叩き、ディアナは気をひきしめた。

アシュレイの真意がどうであろうと、心を浮つかせている暇はない。

王女アレクシアが無事に帰還するまで、完璧な身代わりとしてひたすら冷静にふるまうのが、自分の務めなのだから。

ほどなく朝餉の用意がととのい、ヴァーノン夫人に呼ばれて寝室をでると、アシュレイもちょうど廊(ろう)から主室にやってきたところだった。グレンスター公の計らいにより、不在のガイウスに代わる一時的な警護役として、並びの部屋に泊まりこんでいるのである。

「おはよう。昨夜はずいぶん風が強かったけれど、よく眠れたかい？」

「おかげさまでたいして気にならなかったわ。一座の屋根裏部屋みたいにぎしぎし揺れたり、隙間(すきま)風が吹きこんできたりはしなかったから」

「夜風に軋(きし)むような王宮では、さすがに国の行く末が不安になるからね」

「いまの状況だと、それもあんまり笑えないみたいだけど」

「……たしかに」

ふたりは神妙な面持(おもも)ちで視線をかわし、くすりと笑いあった。

今朝もなんとか、さりげない態度をとることができた。内心ほっとしながら、ディアナもうながされて食卓の席につく。

焼きたての小麦のパンに、数種のチーズと果実。

とろける蕪(かぶ)のポタージュと、セージ風味のオムレツ。

それぞれに選(え)りすぐりの食材だが、並んだ料理そのものはごく簡素である。

アシュレイは手ずからお茶を注ぎながら、

「けれど南部のアーデンといえど、冬場はそれなりに冷えこむだろう？　建てつけのせいで、身体(からだ)を壊したりはしなかったのかい？」

「下々の者はたくましいから。それに我慢できないような寒さのときは、おたがいの寝台に潜りこんで暖を取りあったりもするのよ」

「恋人とかい？」

「違うったら！」

ディアナはすかさず言いかえすが、こういう反応こそがよくないのだと悟り、たちまち顔を赤くする。なんとかとりつくろった平静さが、すっかりだいなしである。

そんな一部始終を、アシュレイはほほえましげにながめるばかりだ。

ディアナは少々うらめしい気分になりながら、

「そもそも一座の者同士でつきあったりとか、その手のことは基本的に禁止なのよ。当人以外も巻きこんで、なにかと揉めるきっかけになるから」

もそもそと早口で説明した。

アシュレイは上品に小首をかしげる。

「同僚の恋人に手をだしたとか、ださないとか？」

「そんなとこ。いかにも舞台にさしつかえそうでしょ？」

「頭を冷やそうにも、開演は待ってくれないというわけだね」

アシュレイは納得したようにうなずいたが、

「でも掟は掟として、そういう感情が芽生えるのは自然なことじゃないのかな。きみにも経験はないのかい？」

ディアナはパンをちぎる手をとめ、上目遣いでアシュレイをうかがう。

「……どうしてそんなことを訊くの？」

「一座の日常というものに興味があってね」

さらりと告げたアシュレイは、他意のなさそうな微笑を浮かべる。

それが純然たる好奇心なのかどうか、ディアナにはつかみきれない。

ディアナは気を逸らすように、ことさら空腹をよそおうしかなかった。

「役者にしろ裏方にしろ、一座の誰かをそんなふうに意識したことはなかったわ。子どものころにアーデンに流れついたあたしにとっては、みんな気心の知れた家族みたいなものだからかもしれない。もっともあたしは本当の、血のつながった家族がどんなものか知らないんだけど」

葡萄の房からもぎったひと粒を口に含むと、しばらく井戸水にでも浸されていたのか、弾ける果汁が冷たくておいしい。続けてふた粒めに手をのばしたところで、

「きみは……本当の血縁を捜したいと考えてみたことはないのかな」

おもいもよらない問いをぶつけられ、ディアナはとまどう。

「あたしの両親は、流行り病で死んだそうだから」

「でも彼らの兄弟姉妹ならどこかにいるかもしれない。その子どもたちも」

さをおぼえる。

「……考えてみたこともなかったわ。おかしいかしら」

ディアナはなんとなく、自分が人並みの情を持ちあわせていないような、いたたまれなさをおぼえる。

「そんなことはないよ。ただ生まれというのが自分の存在の原点であるとしたら、それがわからないままでいることを、不安に感じたりはしないのかなと……。ごめん、無神経な質問だったかな」

「いいのよ。あなたの言いたいことはわかるつもり」

ディアナは急いで首を横にふる。

大貴族グレンスター家の嫡男(ちゃくなん)であるアシュレイにとっては、その生まれはとりわけ存在の根源として、なにをするにもついてまわって当然のものなのだろう。

「でもあたしが育った修道院では、そういうものにとらわれるのはよすよう諭(さと)されていたから、その影響もあるのかもしれないわ」

「というと?」

「つまり自分の生まれにおかしな夢を託したり、逆に身内から捨てられたんだって世をひねたりするよりも、この世に生かされているお恵みを神さまに感謝して、実りある一日を送るようになさいって」

「地に足をつけて生きてほしかったわけだね」

「ええ。たしかにごもっともな導きよね。それにいないものを想像するのって、案外難しいものなのよ。あ……そうか。だからかしら」

「なにがだい？」

「あたしがお芝居を好きな理由のひとつよ」

ディアナは指先でつまんだ葡萄をもてあそびながら、

「お芝居で演じる役柄には親兄弟がいたり、たとえどんなに天涯孤独でもそれまでの人生がちゃんと用意されていて、それぞれが誰かを好いたり嫌ったり、愛したり憎んだりしてかかわりあいながら、結末をめざしていくものじゃない？」

「そうだろうね」

「だから自分の役柄をうまく演じるために、台詞（せりふ）や行動からどんな心の持ち主なのか汲（く）みとって、他の役者を相手にくりかえしそうふるまうことで、いつしか半分あたしの体験になるような気がするのかもしれないわ。新しい役を演じるたびに、そうやって自分が何度も生まれ変わるような気分になれるから、飽（あ）きないのかも」

「与えられた役柄と同一化できるまでに、深く咀嚼（そしゃく）をするということかな」

「そうね。実際に演じるときは、冷静な自分の意識もうしろのほうに控えていて、完全になりきるわけでもないというか……。ちょっと説明が難しいんだけど、うまくいくときは役柄にあたしの身体を貸しているような感覚にもなるかしら」

「役に身体を貸すか。それはまた興味深いね」

アシュレイはいたく感興をそそられたようにディアナをみつめ、

「アレクシアを演じるときも、そんなふうに感じるのかな？」

「あいにくだけど、まだとても無理ね」

苦笑するディアナに、アシュレイもつられながらたずねる。

「でも《白鳥座》では、王女を演じた経験もあるのではなかったかな」

「まあね。でも軽い喜劇がほとんどで、アデライザ姫のような大役はまだよ」

「小夜啼城に幽閉されたアデライザ王女だね」

ガーランド王国の実在の王女であるアデライザ姫の悲劇的な生涯は、詩歌や芝居の題材となり、長らく民衆にも愛されてきた。早馬でも王都から丸二日はかかる西の辺境の古城は、もともと王家の離宮であったが、戦乱の世ののちは長らく、政争に破れた王侯貴族の幽閉先としての役割を果たしてきたのだ。

「そういえばこの王宮にも、小夜啼城とそっくりの古い円塔があるのよね。どちらも同じ年代に建てられたとかで」

ディアナのつぶやきに、アシュレイはうなずいた。

「朽ちかけの旧城壁に残るかつての主塔で、いつからか小夜啼塔と呼ばれているね。長らく伝令鳩たちの鳩舎を兼ねた伝令塔として使われるだけで、宮廷人もあまり寄りつかない界隈(かいわい)だけれど」

「だからかしら、アレクシア王女はむしろ好んでおとずれていたって、ガイウスに聞いたわ。そこなら誰にも邪魔されずにくつろげるし、塔をのぼりきった胸壁(きょへき)からは王都も一望できるんですってね」

「どうやら興味があるようだね」

「もちろんよ」

役者として歴史劇を演じることもある身としては、ガーランドの歴史を感じさせるものには関心をいだかずにいられない。それにアレクシアにとっても、息抜きに足を向けるような特別な場所だったらしいところが気になる。

「ではこれからぼくが連れていこうか。病みあがりの王女をいきなり塔にのぼらせるわけにはいかないけれど、近くまで案内することならできるよ」

ディアナはきょとんと目をまたたかせた。

「これからって、いまから？」

「そのつもりだけれど」

「でもそんなふうに外を歩きまわるなんて、許されるの？」

王宮に到着してからのディアナは、ほぼ王女の居室にこもりきりなのだ。

日参する王太子エリアスや、どうしても断れない要人との謁見(えっけん)、女官長による様子伺(うかが)いなどをなんとかやりすごすだけで精一杯の日々である。

「じつは父とも相談していたところなんだ。そろそろ王女の日課を再開してもいい時期ではないかとね」

「王女の？　……あ！　ひょっとして毎日の散策のこと？」

「ご明察。朝の内庭なら出歩く者もあまりいないはずだし、それでいて各所の衛兵たちには、王女がすでに寝たきりを脱していると印象づけることもできる。本来ならば護衛官のガイウス殿が付き添うところだけれど、いまならぼくがお供として控えていれば、誰にも怪しまれないだろう」

「そうね。あなたがそばについていてくれるなら」

身代わりが露見する危険はつきまとうが、アシュレイの機転でなんとか乗りきれるかもしれない。

「では決まりだね。及ばずながら、力のかぎり護衛を務めさせていただくよ」

アシュレイはほがらかな笑みを浮かべる。その様子はディアナと散歩ができることを心から喜んでいるかのようで、ディアナはこそばゆさをこらえてすましてみせた。

「よい働きを期待しているわ」

さくりさくりと、湿り気を含んだ草地を踏みしめるごとに、足裏から伝わるやわらかさが心地好(い)い。

アシュレイの片腕にかるく手を絡め、ディアナは楡(にれ)の並木道に向かう。

ふりそそぐ小鳥たちの歌。たちのぼる土の匂い。黄に染まりだした葉のさざめき。

すべての感覚をそばだてるように、ささやかな外界に身を浸すうちに、緊張もしだいにほどけ、ディアナは解放感を味わった。

しかしこの外界もまた、閉ざされた箱庭であるのだ。

「本当にここは別世界ね。城門のすぐ外は、あんなに騒がしい王都だっていうのに」

「この王宮そのものが、外敵からランドールの都を防衛するための城塞を起源にしているからね。いかにも壮麗で優雅な体裁がととのえられたのは、王権が安定した後年になってからのことなんだ」

「朽ちかけの旧城壁は、まさにその名残(なご)りというわけね」

しみじみと息をつきながら、ディアナは並木道を進んでゆく。

アシュレイの見越したとおり、ここまでに人影はほとんどない。ときおり姿の見え隠れする衛兵たちの目には、まだいくらか足許のおぼつかない王女を、従兄(いとこ)がいたわるように支えていると映ることだろう。

「あれが小夜啼塔だよ」

アシュレイの視線を追うと、複数の小塔とひときわ高い主塔を備えた城壁が、並木道を抜けた先にゆるやかな弧（こ）を描いていた。

あちこち風化して欠け崩れた城壁には、塔と塔をつなぐ巡回路がめぐらされ、かつては王の住まう城館を護（まも）るべく、衛兵たちが常に目を光らせていたという。

城館の跡地には、いまはただ色褪（あ）せた草原が広がるばかりだ。

弧の外にはリール河畔（かはん）まで森が広がり、河沿いに設けられた新しい城壁までが、現在の王宮の敷地となっているそうだ。森では狩りも楽しむそうで、おのずとその広大さが知れるというものである。

「もう五百年近くもまえに建てられた塔なのよね」

「さすがに傷（いた）みは激しいけれど、もとの造りが堅牢（けんろう）だから、塔としての機能は健在らしいね。城壁には鏃（やじり）や剣の跡も刻まれているそうだけれど、確かめてみるかい？」

「そうしてみようかしら」

いそいそと壁際をめざすディアナの耳許で、アシュレイがささやく。

「月のない晩には、ときおり戦死した兵士たちの亡霊がさまよいだして、剣をまじえる音が聴こえてくるなんて噂（うわさ）もあるけれど」

「……洒落（しゃれ）にならないわね」

ディアナはたじろぎ、足をもつれさせた。

「あまり人が寄りつかないのは、そのせい？」

「どうかな。そうかもしれない」

　アシュレイはおもわせぶりに、天色の瞳をきらめかせる。

「でもこの城館跡は、たびたび宮廷行事にも活用されていてね。趣向を変えた舞踏会や、馬上槍試合や、御前公演の舞台になることもある」

「ここでお芝居をするの？」

　ディアナがすかさず食いつくと、アシュレイはあちこちをさしながら教えてくれる。

「あの城壁を背景に、高い木組みの舞台をしつらえて、この草地に観客席を並べるんだ。王族の席はたいてい舞台正面の、このあたりに天幕が張られるね」

「あなたも野外公演を観たことがあるの？」

「何度かね。この季節なら、ちょうど来月に収穫祭があるだろう？　王宮でも外庭を市民に開放して、菓子や酒などをふるまうのだけれど」

「それ、聞いたことがあるわ」

　だが清く正しい市民ではない、ディアナのような貧民窟の子どもたちには、王宮のそばをうろつくこともはばかられたのだ。

「その中日に、ここで御前公演をするのが恒例になっていてね。王侯貴族だけでなく有力市民なども招いた数百人の観客で、毎年とりわけにぎやかな公演になるんだ」

「やっぱりこういう公演では、歴史劇が上演されるものなのかしら」

「ぼくの知るかぎりではそのようだね。舞台の背景として小夜啼塔を借りることもできるわけだし、ずらりと焚かれた篝火に舞台が照らしだされるさまは、なかなか壮観なものだよ」

「それは雰囲気満点ね。想像するだけでどきどきしちゃう」

興奮するディアナの脳裡に、ふとひとりの青年の顔が浮かんだ。

あの自信家の青年——リーランドなら、どんなふうにこの舞台を活かすだろうか。

若手の主役級のひとりとして一座でも存在感を放ちながら、戯曲の執筆にも力をいれていた。小器用で愛想が好く、そのせいでいまひとつ信用のおけない男ではあるが、役者としてのディアナの将来には、誰より期待をかけてくれているようだった。

さすがにもうアーデンの町に戻っているだろうが、王都までわざわざ武者修行に出向くくらいだ。いずれはランドールの演劇界に打ってでて、御前公演の栄誉をもぎとりたいとの野望に燃えていたのかもしれない。

「芝居を披露する一座は、どうやって決まるの？」

「いまは陛下が一座を所有しているわけではないから、旬の役者がいたり、新作が話題を呼んでいたりする一座に白羽の矢がたつことが多いようだね。まあ、王都の有力な一座には、たいてい宮廷貴族の庇護者がついているから、政治的な忖度もないとはいえないかもしれない」

「なるほどね。今年の一座とか演目については、もう決まってるのかしら」

「どうだろう。おそらくウィラード殿下か侍従長あたりが、収穫祭の総監督として決定権をもつはずだけれど、知りたいなら確認してみようか？」

「あ……でもあたしが気にしたってしょうがないわよね。収穫祭まで宮廷にいるともかぎらないし、一日でも早くアレクシア王女と入れ替われたほうがいいわけだし……」

自分の興味だけで、よけいな手数をかけさせるのも気がひける。

アシュレイがなにかを迷うように、口を開きかけたときだった。

「──アレクシアか？」

横あいから意外そうな呼び声がかかり、ディアナは凍りついた。

聴き憶えのある──ありすぎる声だった。それに王女を堂々と呼び捨てにできる若い男など、この宮廷にはひとりしかいないはずだ。

とっさに視線をかわしたアシュレイも、驚きをあらわにしている。だがこうなったからには、相手を無視するわけにも、逃げだすわけにもいかない。

目顔で覚悟を伝えあい、ふたりはぎこちなく声の主をふりかえる。

そこにはエルドレッド王の庶子にして、アレクシアの異母兄ウィラードの、いとも涼やかな姿があった。小夜啼塔の入口を背にした彼は、偶然にも塔の螺旋階段をおりてきたところらしい。

「やはりアレクシアか」

ディアナはこくりと唾を呑みこむ。

「……兄上」

「それにグレンスター家のアシュレイも。おまえが妹を連れだしたのか？　すでに安静を解かれたとの知らせは受けていないが」

おだやかではあるが、どこかひやりとする冷厳さを秘めた声音だった。

すかさずアシュレイが頭を垂れて、

「ご報告が遅くなりました。数日来の王女殿下のご様子から、少々の遊歩ならさしつかえないとの侍医の所見を得たため、僭越ながら今朝よりわたしが供を務めさせていただいております」

「……そうか。快復は順調のようだな。喜ばしいことだ」

ウィラードは口許をやわらげ、ディアナに気さくともいえる笑みを向ける。

だがその灰緑の瞳の奥には、冷たい光が収斂しているようで、ディアナはたまらず目を伏せた。

「おそれいります。ラグレス城におきましては、兄上おんみずからかけつけてくださいましたのに、お相手することもかなわず……心からお詫びを申しあげます」

作法をなぞるように膝を折り、よどみなく口にしたのは、いずれは避けられないだろうウィラードとの対面に備え、あらかじめ用意していた科白だ。

「気にすることはない。おまえが九死に一生を得たとの急報を受けたものの、一刻も早く無事を確かめずにいられなかっただけだからな」

……この大嘘吐き。

異母妹を心底いとおしむかのようなくちぶりに、ディアナはくらくらするが、嘘吐きはおたがいさまなのだった。

「ありがたき幸せに存じます」

「グレンスターの取りはからいに、なにか不満はないか？」

「はい。叔父上もアシュレイも親身になって、療養にふさわしい環境をととのえてくれておりますので」

「そうか。先の襲撃事件での責任追及については、わたしからも枢密院の面々に口添えをしておこう。賊の正体も定かでないまま、グレンスターばかりに責を負わせるのは、酷であろうからな」

すかさずアシュレイが片手を胸に添える。

「寛大なご配慮をたまわり、心より感謝いたします」

ディアナもそれに倣い、なんとかほほえみをとりつくろって顔をあげると、ウィラードの肩越しに人影が目にとまった。どうやら連れの女人が、さきほどからそこに控えていたらしい。

光に煙る金髪に、淡い若草の瞳をした、うら若い美女である。

すらりとした長身に、竜胆色のガウンをまとった姿は、華美ではないが匂いたつようなたおやかさに満ちている。

するとこちらの視線を追ったウィラードが、さっそく彼女に片手をさしのべて、そばにうながした。

「これは失礼した。遠慮なさらず、どうぞこちらへ」

その扱いからして、ただの女官ではなさそうである。

「折をみてひきあわせるつもりでいたのだが、ちょうどよい機会だ。ふたりとも、さぞや懐かしい相手であろうな」

つまりアレクシアにとっても、旧知の相手ということになるのか。

これはまたいきなりの難敵だ。どうきり抜けたものか、ディアナは冷や汗をかきながらアシュレイの袖を握りしめる。

するとそのアシュレイが唖然とつぶやいた。

「……セラフィーナさまであらせられますか?」

ディアナははっとする。その名で思い当たる人物といえばただひとり――かつて大逆罪で処刑された王弟ケンリックの息女にして、アレクシアの従姉（いとこ）にあたるセラフィーナしかいない。そうと意識してみれば、艶（つや）やかな金の髪や緑の瞳は、たしかにデュランダル王家に連なる血を感じさせるものである。

　長らく辺境の古城での暮らしを余儀なくされてきたセラフィーナは、昨年になって幽閉を解かれ、奪われていた王位継承権も復権したばかりだ。

　ウィラードの手をとったセラフィーナは、恥じらうように笑んだ。

「グレンスター家のアシュレイね？　まさかこうしてまたお会いする日がくるなんて。お元気でいらしたようね？」

「お目にかかれて光栄です。セラフィーナさまもお健（すこ）やかにおすごしのご様子で」

「なにもかも慈悲深いウィラード殿下のおかげですわ」

　そのウィラードの働きかけは、いずれ彼女を足がかりに王位を狙おうという思惑ゆえではなかろうかというのが、ガイウスらの読みだったはずである。

　ディアナが内心そわそわしていると、いつしかセラフィーナの視線がこちらに向けられていた。

「アレクシア王女殿下はまだいとけなくていらしたから、大昔に宮廷を去ったわたくしのことはご記憶にないかしら」

「そ……そんなことはございません」

ディアナはあたふたと首を横にふった。

「ただその、あまりのお美しさに、つい夢見心地になってしまって」

苦しまぎれの釈明だが、完全なる口からでまかせというわけでもなかった。

生まれながらの王族でありながら、華やかな宮廷とも隔絶した環境で暮らしてきた彼女からは、どこか侵しがたいたたずまいのようなものを感じる。

「まあ」

セラフィーナはふわりと笑みを深めた。

「アレクシア王女殿下こそ、見惚れるばかりに麗しくご成長なされて。ですがかわいらしいことをおっしゃるのは、昔とお変わりになりませんね」

「……お恥ずかしいかぎりです」

セラフィーナのまなざしは感慨に満ちているが、ふたりの過去に話が及ぶと迂闊な反応はできない。すぐにアシュレイが助け船をだした。

「現在はランドールの郊外にお住まいとうかがっておりましたが」

なぜいま王宮に姿をみせたのか。つかんでおきたいのはそこである。

「そのことだが、セラフィーナ殿はわたしが宮廷にお招きした。これからしばらく内廷に滞在していただくことになるだろう」

「内廷にですか?」

「すでに王族の地位を回復されているのだ。異議はなかろう？」

「それは、もちろんです」

決して威圧的ではないが、流れるように反論をふさがれては、アシュレイもかしこまるしかない。しかしその動揺は、つかんだ袖越しにも伝わってくる。

「ではこれを機に、セラフィーナさまの復権を、あらためて宮廷に知らしめることをお考えでしょうか」

「そのつもりだ」

そしてウィラードはディアナに向きなおり、おもむろに告げた。

「加えて彼女を内廷にお迎えしたのは、おまえのためでもあるのだ、アレクシア」

「え……」

「先の襲撃事件では、おまえの身も心もさぞや深く傷つけられたことであろう。兄としてなにかしてやりたいが、あいにく多忙の身だ。そこで気のおけない幼なじみとたわいない昔話にでも興じることで、せめておまえの気鬱をやわらげられるのではないかと愚考したところ、彼女は快く承諾してくださったのだ」

「それは……なんというお優しいお心遣いでしょうか」

狼狽のあまり、喘ぐように息を継いでいると、

「やはりまだ本調子ではないようだな」

ウィラードはかすかに眉をひそめ、アシュレイに念を押した。

「大事な身体だ。くれぐれも無理はさせないように」

「しかと心得ました」

アシュレイともども頭を垂れ、立ち去るふたりが充分に離れてから、ディアナはそろりと目をあげる。

遠ざかるうしろ姿だけでも、憎らしいほど絵になるふたりだが、それどころではない。

ディアナとアシュレイは、呆然とみつめあう。

大変なことになってしまった。

「宮廷での御前公演に乗じて、わたしとディアナを入れ替える？」
それがリーランドの編みだした秘策だった。
王都ランドールの旅籠におちつき、一夜が明けた朝の食卓を三人でかこみながら、彼は熱をこめて語る。
「夏に渡りをつけておいた一座を、いくつかまわっていてひらめいたんだ。宮廷での上演ともなれば、もちろん一座の総力をあげての舞台になるだろう。道具や衣装の搬入や撤収にだって、人手はいくらでも要るはずだ。その一群にまぎれて動くのが、もっとも安全かつ有効な方法なんじゃないかってね」

「なるほど。その手があったか」

アレクシアは目から鱗が落ちた心地で、

「一座に属する者のひとりとして、わたしも興行に加わるというのだな？」

「当然このおれもな。一番の難題は、ディアナを偽者と悟られずに逃がすことだが、勝手知ったる一座の世界なら、あいつがまぎれこむにも打ってつけだ」

ノアもすぐに理解の及んだ表情になり、

「そっか。素のディアナに戻って、役者らしくふるまえばいいだけだもんな」

「まさに木を隠すには森というやつだ。そこでおたがいの服装を交換できれば万全なんだが、それが無理でもディアナは舞台衣装を身にまとっているふりをすることができるし、きみのほうは――」

「面識のある宮廷人に見咎められても、役者に交ざって酔狂な遊びをしているという言い逃れが効くというわけだな」

たしかに名案だ。考えれば考えるほど、それに勝る機会はないという気がしてくる。

アレクシアが納得していると、ノアが鋭く指摘した。

「だけどその計画だと、ディアナのほうがそのつもりで動いてくれなきゃ、どうしようもないよな。いくら宮廷でも、王女さまがひとりでふらふら歩きまわれるものじゃないんだろ?」

アレクシアは神妙にうなずいた。

「内廷はともかく、護衛官や女官の付き添いもなく公に姿をみせることはまずない。なんとかこちらの意図をディアナに伝える手段を、考えなければならないな。なにより直近の御前公演を予定している一座に、伝手がないことには始まらないが……」

そう独りごちたところで、アレクシアははたと顔をあげた。

「ひょっとしてすでに知己を得ているのか?」

「我ながら褒賞ものの抜かりなさだな」

リーランドは得意げに笑む。どうやら下準備はとっくにすんでいたことを踏まえての提案のようだった。

「きみは《アリンガム伯一座》を知っているか?」

「名は耳にしたことがある。たしか近年めきめきと力をつけていると、市井で評判の一座ではなかっただろうか。まだ御前公演の機会には恵まれていないはずだが」

「ああ。伝統よりも斬新さが売りの舞台で、どちらかというと庶民に人気の一座だ。それだけに宮廷の動きには疎いんじゃないかと、昨日は足を向けなかったんだが、ついに収穫祭での御前公演が決まったらしいとの噂をつかんでね」

「それは大抜擢だ。収穫祭での公演には大勢の客人が招かれるし、とりわけ栄誉なこととされているから」

「そうらしいな。城館の跡地に舞台を組むんだろう？」

「夜空の許で芝居を楽しむんだ。それに……そう、野外公演では舞台奥の旧城壁を演出に使うこともあるから、半月ほどまえから一座の者たちが下見におとずれていたし、木組みの舞台を設営するのも彼らの作業だ。それに公演が近づくと、本番の舞台で下稽古に励んでもいたから……」

「あらかじめ計画を練るには困らなそうだな」

「わたしも日課の遊歩のついでに、しばしば足をのばしてその様子を見学していた」

　リーランドが身を乗りだす。

「その遊歩っていうのは、決められた道順を毎日なぞるわけじゃないのか？」

「身体を動かすことが目的だから、そこはわたしの自由だ。むやみに外庭にでてはならないといった制限はあるが、旧城壁のあたりならむしろわたしが好んで足を運んでいた界隈だから」

「きみの護衛官殿もそれを知っている？」

「もちろん。専属の護衛として、いつも付き従っていたからな。六年まえのディアナとの出会いから、わたしが芝居や一座の営みそのものに興味を持ちだしたことも、きっと承知しているだろう」

リーランドが口の端をあげる。

「興味なら、当然ディアナにもあるよな」

王宮での公演に、ディアナが興味を感じないわけがない。

ならば——彼女との接触の機会は、充分にありえるわけだ。


朝食をすませた三人は、さっそく一座の本拠地をめざした。

リール河の南岸に常設された野外劇場——《天空(てんくう)座》である。

アーデンのような地方都市と異なり、大小さまざまな劇団がしのぎを削るランドールでは、劇場主との契約で箱としての舞台を借りるという形式がほとんどだという。たとえば十日、あるいは二十日などの上演期間をあらかじめ取り決め、興行の反響次第では延長もありえる。

リーランドによるとここ数年の《天空座》は、事実上の専属一座として《アリンガム伯一座》に貸しきられているも同然だという。つまり一座の興行が劇場に多大な利益をもたらすものであることを評価され、常駐の栄誉を得たというわけだ。

それだけ一座の人気には、勢いがあるということだろう。

昨日とは逆に河沿いを下流に向かうと、やがてひしめく木造家屋の群れの先に、白壁の円形劇場が浮かびあがる。茅葺(かやぶ)きの屋根には、鮮やかな三角旗が誇らしげにひるがえっていた。

「まるで城塞の円塔のようだな」

アレクシアが惚(ほ)れ惚(ぼ)れと洩(も)らすと、リーランドが肩越しにふりむいた。

「それは言い得て妙だな。芝居小屋はまさに市民の城だ。外の世界の身分を問わず、平等な観客のひとりとして、芝居の世界を味わう王になることができるし、気の利いた風刺(ふうし)劇で、現実の治世を批判するもうひとりの王になることもできる」

「あまりに過激な演目は、ときに取り締まりの対象になるというが」

「らしいな。当局がわざわざ火消しに乗りだしてくるようなときは、もう手遅れってことも多いだろうが」

「手遅れ……なのか？」

「いくら王侯貴族を批判しようと、所詮(しょせん)は芝居の世界のことだ。いちいち目くじらたてるほどでもないのに、不敬罪だなんだと咎めざるをえないのは、すでに賛同の気運が市民に広がって、無視できない影響を及ぼしていることだろう。魂(たましい)に撒(ま)かれた火種は、そう簡単には消えないものだからな」

するとノアが横から口をだした。

「つまり芝居にはそれだけの力があるって言いたいんだろ。あんたの話の落としどころはいつもそれなんだから」

「お。よくわかってるじゃないか。さすがはおれの舎弟だな」

「おれがいつあんたの舎弟になったんだよ。ふざけるなよな」

ノアは照れているでもなく、なかば本気でいやがっているようである。

「ノアの才や人品を、リーランドは高く評価しているのだろう。わたしも有望な舎弟として、誰かに認められてみたいものだ」

「舎弟を羨ましがるなんて、あいかわらず姫さまはとぼけてるぜ」

ノアは大袈裟に呆れてみせ、

「そんなんでやってけるのかよ、アレクシス少年はさ」

「……それはわたしもあまり自信がない」

アレクシアは自分の格好をながめおろした。

なにを隠そう、いまのアレクシアは庶民の少年の——つまり洗いざらしのシャツやホーズ姿に身をやつしているのである。

もちろんただの酔狂ではなく、リーランドの作戦に従ったまでだ。

女でありながら短い髪は、それだけで怪しまれるものだし、なにより現在のアレクシアは世を忍ぶ身だ。ならばいっそのこと性別をも偽ったほうが、グレンスターの目も欺きやすくなるのではと考えたわけである。

「大丈夫さ。姫さまは凜々しいから、繊細系の美少年で全然いけるって」

「そりゃあディアナだって、たまの男役ではきゃあきゃあ騒がれてたけどさ。それこそ女も男もわんさか寄ってきて、困るんじゃないのか」

「そこはおまえの出番だ。撃退役は任せたぞ」

「おれ自信ないなあ」

「……面倒をかけてすまない」

アレクシアとしては、単純にディアナのふりをすればよいのではと考えていたのだ。いずれ王宮での取り替えを決行するにあたり、事情に通じた協力者が必要になるとしても、できるかぎり少人数ですませたい。そのために無理は承知で、あらかじめ同一人物を装っておくのが、もっとも得策ではないのだろうかと。

だがリーランドの考えでは、そのやりかたには致命的な難点があるらしい。ともかくもアレクシアの素姓についてはうまく説明すると請けあうので、ここはおとなしく任せることにした。

ほどなく河岸を離れたリーランドに続き、アレクシアたちも《天空座》の外壁に沿って敷地の裏手にまわる。遠目には円形だが、実際は円を等分にした十四角形の構造とのことで、角を曲がっても曲がっても、まだまだ先がある。

ノアが片手で壁をなぞりながら、身をそらせる。

「すごい広さだな。これって三階建てなのか？」

「立派なもんだろう？　桟敷席から平土間の立ち見客まで、満員御礼の大盛況なら、千人以上が収容できるらしい」

「千人なら《白鳥座》のほとんど二倍じゃないか！」

「この規模の箱なら、王都にはごろごろしてるぞ。それぞれに特色があって、舞台の構造を活かした演出を売りにしているのさ」

渾身の趣向を凝らした芝居に、大勢の市民が日常的に親しんでいるのだとしたら、おのずと客の目も肥え、役者の腕も磨かれるはずである。

だからこそ芝居はただの娯楽にとどまらない、現実を揺るがす脅威にもなりうるのかもしれない。その気概が、そびえる壁の内から迫ってくるようだった。

リーランドは広い搬入口から、舞台裏らしい通路を抜け、勝手知ったる足取りで階段をのぼっていく。暗くて狭い階段には、脱ぎ散らかされた靴や、かじりかけのパンなども転がっていて、あまり清潔とは言い難い。

おっかなびっくり左右をうかがいながら、アレクシアはささやく。

「ずいぶんひっそりとしているが」

「連中の朝は遅いからな。掃除やら稽古やらでにぎやかになるのは、もうしばらくしてからだろう」

一座には身軽な単身者が多いこともあり、いまでは大半が楽屋住まいらしい。均せば月に二十日以上もの公演をこなし、その準備にも追われる暮らしでは、外に部屋を借りるよりも効率的という結論に達するようだ。

「この時分なら、座長は売上金の計算でもしてるはずだが……」

二階にたどりつくと、どうやら外壁に沿うかたちで、小部屋がずらりと並んでいるようだった。その扉のひとつに、リーランドは躊躇なく呼びかける。

「座長？　ちょっといいですか？」

「おう。なにか用か？」

くだけた声の主は、相手が誰かも気にかけていないようだ。

さっそく部屋に踏みこむと、乱雑な机にかじりついていたのは、四十がらみの髭面の男だった。片手にパンの切れ端を、片手に鵞ペンを握りしめて、帳簿と格闘している様子である。

「新作の収益はあがってますか？」

「まずまずだな。この調子なら、かさんだ経費もじきに回収できそう……ん？」

パンを咀嚼しながら顔をあげた男は、とたんに目を丸くする。

「おお！　リーランドじゃないか！　とっくにアーデンに帰ったんじゃなかったのか？」

「帰って、また戻ってきたところですよ」

「ずいぶんせわしないな。いったいどうしてまた」

「じつは急遽あちらの一座が解散することになりまして」

「なんとまあ。それでついにおまえも、王都でやっていく決心がついたわけか」

「そんなところです」

「もちろんうちと契約するつもりなんだな？」

男は喜色もあらわに腰を浮かせた。

黒い瞳をきらきらと輝かせるさまは、まるで最高の遊び相手を逃がさんとする子どものようでもあり、豊かに変化する表情からは頭の回転の速さと、快活で魅力的な人柄がうかがえる。

「それがあいにくながら、即決のしにくい状況で」

「なんだなんだ、もったいぶらずにさっさとうちに決めちまえって。おまえの持ち味が活かせるのは、伝統や格式にこだわらないうちみたいな一座だって、自分でもわかってるだろうに」

「ええ。ただ連れの身のふりかたも、考えてやらなきゃならないものですから」

「連れ？」

「一座が離散して、そのまま路頭に迷わせるわけにもいかないので、まとめて面倒をみることにしたんですよ」

　リーランドの視線を追い、こちらに目を向けた座長は、ひゅうと口笛を吹いた。

「これは驚いたな……。いや、だけどおまえが連れてきたいっていうのは、女の子じゃなかったか？　演技も顔も抜群の……たしかディアナだっけ？」

「そのディアナの双子の弟なんですよ、この子は」

「双子？」

　座長ともども目を丸くするアレクシアたちをよそに、リーランドは平然と続ける。

「だから顔はそっくりですが、演技はずぶの素人です」

「この顔で、使いものにならないって？」

「そうそう。てんでだめ」

「もったいない！」

　たいそう惜しがる座長の反応から、アレクシアはようやく察した。ここでディアナのふりをしてしまうと、じきに否応なく演技を披露させられるはめになると、リーランドには予想がついていたのだろう。

「双子には身寄りがないので、おれが片割れのアレクシスを王都まで先に連れてくることにしたんですよ。ディアナのほうには、まだ向こうでかたづけなきゃならない用があるのでね」

さらさらと嘘八百を並べたてる面の皮の厚さに、呆れつつも感心しているうちに、リーランドはほぼこちらの望みどおりに交渉を終えてしまった。

まずはアレクシアとノアにも、当座の雑用係として住みこみの部屋を与えること。

そしてやはりすでに内定していた御前公演にも、裏方として参加させてもらうこと。

一座としても人手はいくらでも欲しい時期であり、賄いさえあればしばらく給金はなくてもかまわないという条件は、座長としても渡りに船だったようだ。

「ノアなら子役としての経験も積んでるし、アレクのほうは力仕事には向いてないが、読み書き計算ならお手のものですから、代筆や帳簿つけも任せられます。悪筆で計算も苦手ななあなたには、打ってつけの人材ですよ」

「そう面と向かってけなしてくれるなよ」

座長は苦笑いしながらも自覚はあるようで、

「それじゃあ、アレク。さっそくだが書簡の代筆を頼んでもいいかな」

「──喜んで」

アレクシアは譲られた席につき、使いこまれた鵞ペンを受けとった。

みずからの手で文字を綴るのは、もう何日ぶりになるだろう。宮廷ではペンを持つのがあたりまえの暮らしだったのに、いまのいままで意識すらしなかった。

そうと悟り、アレクシアの胸にさざなみが走る。

こんなふうに苛まれもせず、いつしか身分も名も忘れ去ってしまえるときがくることもあるのだろうか。

その是非から目を逸らすように、アレクシアは顔をうつむける。

ぼろぼろの鵞ペンは、宮廷でならとっくに現役を終えていることだろう。

あちこちが欠け傷んだ羽毛をそっとなで、アレクシアは仕事に取りかかった。

無数の傷が、うごめく毒虫のように熱を孕んでいる。

刻々と蝕まれる意識をなんとか現世につなぎとめているのは、皮肉にも我が身をいましめている鎖が、耳ざわりにきしむ音だけだった。

そもそもが背の怪我の治りきらないままに無理をかさねていたうえ、手枷足枷を嵌められての護送に続き、王宮の地下牢に放りこまれるなり、申し開きをする機会もなく拷問を加えられたのだ。

両腕を縛りあげての宙吊りに、鞭打ち。

さすがのガイウスにも、気力体力の限界が近づいていた。

それでも手練れの獄吏は生かさず殺さず、おのれの職務をこなすことに徹している。

もとより必要とされているのは、徹底的な尋問がおこなわれたという体裁のみなのだろう。当然だ。奇襲に加担した罪など、ガイウスにありはしないのだから。

むしろ王女の護衛を投げだして、港町フォートマスまでかけつけた理由を、洗いざらい白状されて困るのは、グレンスターのほうだろう。

その証拠に口には布を咬ませられ、こちらの要求を伝えることもままならない。

しかしおかげで、いかなる強靭な精神力の持ち主でもじきに口を割らずにはいられないと、国内外に勇名をとどろかせる拷問台《悪魔の添い寝》にかけられなかったのは、唯一の幸いだった。

あれはいけない。手首足首に鎖を巻きつけ、正反対の方向にじりじりと負荷をかけられたあげくに肩や腰が脱臼し、ときには腱がちぎれて骨が折れるまでに肉体が破壊しつくされて、使いものにならなくなる。

そうなってはもはや剣が握れない。護衛武官の務めが果たせない。

だがそんな慰めに失笑が洩れるほど、状況は予想よりも悪そうだった。

拷問も処刑も、王族による許可が必要なはずだが、いったい誰にどんな説明がなされているのか。

おおよそのところは読めているはずだが、ならばこちらはどうでるか。接触する相手を見誤れば、命取りにもなる。

ともあれいまできるのは、時機を待つことだけだ。

さきほど獄吏はガイウスの鎖をゆるめ、牢をあとにした。

冷たく濡(ぬ)れた敷石に横たわり、朦朧(もうろう)としつつも体力を温存すべく努めていると、さして経(た)たぬうちにふたたび姿をみせた獄吏が、ガイウスのかたわらに膝をついた。

小休止を挟み、またも責めがくりかえされるのかと身がまえるが、相手はガイウスの声を封じる布をほどきにかかった。

「水を用意しました」

こちらに手燭(てしょく)をかざし、壮年の獄吏は告げる。

瞳を射る光に痛みをおぼえつつ、ガイウスは相手を睨(にら)みすえた。

「毒は含まれておりません」

「…………だろうな」

ガイウスは声になりきらない声を吐きだすと、渾身の力をふりしぼってぐらつく上体をもたげた。さしだされた器(うつわ)に顔を寄せ、みずからの血の味の混ざる水を啜るように飲みくだすと、じきに泥濘(ぬかるみ)の底から意識が浮かびあがり、音や光がたしかな輪郭(りんかく)を獲得し始めるのを感じる。

ガイウスは痺(しび)れの残る舌を、ぎこちなく動かした。

「どれだけ手荒な扱いをしてもかまわないが、命だけは奪(と)るな。そう指示を受けているのだろう？　もしも加減を誤ってわたしを死に至らしめれば、おまえが罰せられることになるはずだ」

　このまま自分を獄死させれば、反逆者として有効に活用することができなくなる。それを避けるために、いずれかならず水だけは摂らせるだろう。

　待ちかねていたのはこのときだ。

　ガイウスは言った。

「頼みがある」

「いかなる要求にも応じることはできかねます」

「親友に遺言を託したいだけだ」

　目を伏せた獄吏が動きをとめる。

　ガイウスはすかさずたたみかけた。

「わたしの罪状について、どう伝えられているかは知らない。おまえに無実を訴えて、手心を加えてもらいたいわけでもない。このまま処刑台にあがる覚悟もできている。だがもしも――」

　少々の水では潤いきらない喉が、すでに悲鳴をあげている。

　それでも痛みをこらえ、ガイウスはかすれ声を押しだした。

「もしも、人生の終わりを控えたひとりの男に憐れみをかけるつもりがあるのなら、どうかグレンスター公の秘書官のタウンゼントに、内密に取り次いでもらいたい。ごく私的な頼みごとだ。そう伝えればわかるはずだ。おまえに迷惑がかかることもないし、礼なら彼から支払われるだろう」

これで手は打った。あとは待つだけだ。

こちらの確信が的を射ていれば、かならずや反応があるはずだ。


「わたしのような一介の文官に、あなたが友情を感じておられたとは、存じあげませんでしたよ」

鎖につながれたガイウスをながめおろし、タウンゼントは言った。

感興に乏しい声音はあえてかどうか、内心のほどはうかがえない。

ならばこちらから、その面の皮を剝いでやるまでだ。

「意外だったか？」

「率直に申しあげて、驚きを禁じえませんね」

「つれない男だな。とある貴女にまつわる秘密を、共有する仲だというのに」

意味深に口の端をあげてみせると、タウンゼントはすかさず扉に視線を走らせた。

獄吏にいくら握らせたのか、牢はすでに人払いがなされているが、覗き窓が閉じていることを確認してから、用心深くこちらとの距離をつめる。

「してご用件は？　すでに状況はご理解いただけているものと考えておりましたが」

「そのつもりだ。おまえがどちらがわについているのかもな」

「どちらとは？」

「心当たりはあるはずだ。だからわたしがよけいなことを口走るまえに、かけつけないわけにはいかなかった。違うか？」

「なんのことかわかりかねますが」

「ウィラード殿下に、グレンスターの情報を流しているな」

　タウンゼントはわずかに眉を動かした。

「わたしが？　いったいなにを根拠に、そのような馬鹿げたことを」

「ひとめを避けて、殿下の執務室に出入りしていただろう？　頻繁に接触していることを不審がられぬよう、用心していたのではないか？」

「とんだ邪推ですね。もしもわたしがあのかたの諜者として動いているとしたら、グレンスターが王女殿下の不在を隠匿していることが、とっくに明るみにでているはずではありませんか？」

「そうだな。だからより正確には、グレンスターの思惑に副う情報だけを渡してきたのだろう。ウィラード殿下の野心を焚きつけて、ローレンシア行きの艦隊を狙った奇襲を成功に導くためにな」

「これは異なことを」

　タウンゼントはさもおかしそうに、

「あの晩の奇襲によって、誰より窮地にたたされているのは、我らがグレンスターなのですよ？　そもそも王女殿下の御身を危険に晒すようなことを、あえて望むはずが――」

「あるさ。意のままに扱える替え玉を、あらかじめ用意していたならな」

「あの代役の娘のことなら、ただの当座しのぎにすぎませんよ。なかなか肝が据わっていて、期待以上に役だってくれてはいますが」

「ではいずれ役目を終えたら、故郷に送り届けるつもりなのか？」

「もちろんです。そのあかつきには、充分な報酬が支払われることになるでしょう」

「ならばなぜ、彼女がアーデンに宛てた便りを破棄した？」

　タウンゼントの瞳に驚きがよぎる。如何にしてこちらがそれを知り得たのか、さすがの切れ者でもにわかには考えが及ばなかったらしい。

　ガイウスはこれみよがしに鼻で笑い、

「グレンスター公の執務室に、ディアナの筆跡の残る燃えさしが落ちていた。あの部屋にわたしをひとりで待たせるとは、用心が足らなかったな」

　あえて手落ちをついてやると、タウンゼントは不快げに口許をゆがめた。

おのれの出自や容姿ではなく、有能さを自負しているだろう者には、それを打ち砕いてやるのが一番の挑発になる。

「もとよりグレンスターには、あの娘を手放すつもりなどなかった。それどころか彼女と王女殿下を入れ替えて、お飾りの女王としてまつりあげるつもりでいた。そうと仮定すると、あらゆることが腑に落ちる」

ガイウスは笑みを消し去り、その邪悪な計画で暗躍したであろう男を睨みあげた。

「艦ごと王女殿下を葬り去ることが、あの襲撃の真の目的だった。そのためにウィラード殿下が手を結んだ相手まではわかりかねるが、グレンスターにとっては王女殿下とわたしを仕留めそこねたことが唯一の誤算だったのだろう」

ディアナは誰にもその存在を知られぬまま、王女に成り代わった。

グレンスター公も、ローレンシアの特使も、賊に命を奪われはしなかった。

じつのところあの襲撃によって、グレンスターは致命的な打撃を受けてはいないのだ。

「すべてはおまえの裏工作によって、お膳だてが済んでいたのだろう。旗艦に乗船されるリヴァーズ提督の死が避けられない以上は、不始末の責任をとらせるためにグレンスター公を生かしておいたほうが得策だとでも提言したか？」

「あのかたは、わたしごときの甘言に乗る御仁ではありませんよ」

「そうともかぎらないだろう。おのれの野心にとらわれた者は、他人の野心にも敏感なものだ」

王女の外戚にすぎないグレンスター家を見限り、王の庶子を玉座に押しあげるべく尽力した功績によって、いずれ腹心としての地位を得る。それは生まれながらに王位継承権を奪われたウィラードにこそ、充分に理解できる動機だろう。

「次は誰を始末させるために、あの男をけしかけるつもりだ？　国王陛下か？　それとも王太子殿下か？　みずからの手は汚さずにすべての悪業を肩代わりさせようとは、グレンスターもあくどいことを考えたものだな」

斬りつけるような告発が、石壁にむなしく弾かれる。

しばしの沈黙を挟み、タウンゼントは息をゆるめた。

「やはりあなたを生かしておくべきではありませんでしたね」

どうやら芝居を続けるのもここまでと決めたようだ。

淡々としたくちぶりに、わずらわしさとあざけりが透けている。

だがようやく本性を暴いたところで、痛快さなど一片もありはしない。

すべてが馬鹿げた妄想であってほしいという愚かな期待も打ち砕かれ、衰弱した身体をかけめぐるのは、血も凍りつく戦慄と、臓腑の焼けただれる憤激だ。

一国の王女を排し、偽者を操り人形にしたてあげるというおぞましい計画に、よりにもよってこの自分が加担させられていたとは。

「わたしが随行団に加わっていれば、あなたがラグレス城にいらした時点で公にそう進言したのですが」

「それが賢明だったな」

「ですからあなたが虚偽の理由で職務を放棄し、王都を離れられたことは、こちらとしても好い口実になりました。あなたはひとめを忍び、賊と接触するためにその拠点である港町をめざしたところを、内々に追跡をかけたグレンスターの私兵によって捕らえられたわけです。幸いにも、賊と手を結んだ反逆者としてあなたを裁くことに、ウィラード殿下もご賛同くださいました」

「襲撃の真相を追及されるまえに、適当な生贄をでっちあげて罪を被せるのが、どちらにとっても得策というわけか」

「よくおわかりで。そうそう、お父君のアンドルーズ侯ですが、急ぎ召喚して説明を求めたところ、ご子息をアンドルーズ邸に呼びだした事実はなく、すべてあなたの独断によるものと証言してくださいました。ご家族はあなたを捨て駒として切ることで、保身をはかられたようですね」

「どうとでも言うがいい」

こんな事態を想定していたわけではないが、ローレンシア行き以降あえて身内との接触を避けてきた経緯からしても、いざというときに巻きこみたくないというこちらの意志は察してくれているはずだ。

「もちろんご家族を拷問台にかけ、一族ぐるみの策謀を徹底的に追及することもできますが……」

「馬鹿な！」

ガイウスはたまらず声を荒らげた。

「おまえたちが消し去りたいのは、このわたしだけだろう。家族にまで手を出すな！」

「ええ。ですからご家族には、自邸での謹慎という処断がくだされました。あまり騒ぎを大きくしても、面倒なことになりますしね」

愚かな手負いの獣をもてあそぶように、タウンゼントは声音に愉悦を含ませる。

ガイウスは割れんばかりに奥歯をかみしめ、なんとか怒りを押しとどめた。

「……おまえの背信がウィラード殿下の知るところとなれば、ただではすまされないぞ」

「おや。わたしを脅すおつもりですか？」

「アレクシア王女殿下はご健在だ」

抜き払った剣先を突きつけるように、ガイウスはその脅威を知らしめる。

だがタウンゼントは動じなかった。むしろ崖縁(がけふち)まで追いつめた相手の、どこに矢を射かけてやろうかと品定めをするように、

「そのようですね」

悠然とかまえている。それはこちらとしても予想の内だった。

なぜガイウスが港町フォートマスまでかけつけたのか、あの忌々しい娼館を取り調べれば、アレクシアとおぼしき娘がしばらく捕らわれていたらしいことも、すぐに把握できただろう。

「いまならまだ、グレンスターの所業が表沙汰にならぬうちに彼女たちを入れ替え、この馬鹿げた喜劇の幕をおろすことができる」

「それを条件に、王女殿下の居所を教えるとでも主張されるおつもりですか」

「まさか。それではおまえたちに暗殺しろと頼んでいるようなものだ。直接わたしが王宮までお連れする。その条件でなければ、ウィラード殿下にすべてをお伝えする」

「はったりは無駄ですよ。アレクシア王女の逃亡先について、娼館の者たちが手がかりを得ていないことは、こちらでも調べがついているのですから」

「王女殿下がどちらに身を隠されたか、わたしには心当たりがある」

「悪あがきはほどほどになさってください。あなたはご存じないでしょうが、我々はすでに彼女の足取りをつかんでいるのですよ。彼女が娼館から消えたのちに、あの役者の娘がアーデンの町で目撃されていたという情報をね」

ガイウスは息を吞む。

「それは——」

王宮にいたディアナではありえない。とすれば可能性はひとつだ。

「どうやらその娘は、一座の生き残りとともに王都に向かったようです」

「……生き残りだと？」

ざらりと耳に残ったひとことの不吉さに、ガイウスは頬をこわばらせる。

とっさには状況を把握しきれないながらも、グレンスターが非情な手段にでたことだけは呑みこめた。ディアナの手紙が焼き捨てられていたのは、もはやそれを届ける相手がいないからではないかという最悪の予感が、現実のものとなったのだ。

怒りと焦りが一瞬にして沸騰し、ガイウスはたまらずタウンゼントにつかみかかろうとして、手足をつなぐ鎖に阻まれる。激しい反動にがくんと膝が折れ、痛めつけられた全身が悲鳴をあげるが、喰ってかからずにはいられない。

「おまえたち、いったい彼らになにをした！」

「あなたにはかかわりあいのないことです」

タウンゼントは冷ややかに受け流す。そしておもむろに身を乗りだすと、荒い息をくりかえすガイウスにささやいた。

「いずれかならずや、アレクシア王女はグレンスターの網にかかります。あなたがたのどちらが先にこの世を去ることになるか、いずれにしろ最期まで主従らしく、そろってあちらに送りだしてさしあげますよ」

「貴様……なんの罪咎もない王女殿下を弑することに、ためらいはないのか！」

ガイウスはうなるようにその所業を断罪する。

だがタウンゼントは怯むどころか、弾けるような哄笑をあげた。

「あなたこそ、グレンスターの策謀をすべて暴露することに、ためらいを感じられないのですか？　グレンスター一党のみならず、あの役者の娘をも処刑台に送ることになるのですよ？」

ガイウスは一瞬、言葉につまった。

「あれはただの……」

「けなげな娘ですよ。なにも知らされぬままに我々の計画に組みこまれ、それでもなんとか身代わり役を全うしようとしている。そんな彼女をも破滅に追いやることが、あなたの望みだというのですか？」

「――ふざけた物言いを！」

「できるものならおやりなさい」

タウンゼントは傲然と言い放ち、憤りにふるえるガイウスの瞳をのぞきこんだ。

「ですがあなたにあの娘は殺せない」

呪いの文言を刻みつけるように、ひそやかにくりかえす。

「あなたの王女殿下を鏡に映したような、まるでその身に流れる血の香りさえ寸分たがえることのないようなあの娘を、あなたが殺せるはずがない」

……血の香り？

奇妙な言いまわしに、不穏なひっかかりをおぼえる。

だがガイウスがおぼろげながらその正体をつかみかけたとき、タウンゼントはすでに踵(きびす)をかえしていた。

「待て！　いまのはどういうことだ！」

遠ざかる背に追いすがろうとして、たちまち四肢(しし)の砕けるような激痛に襲われる。それでも断てるはずのない鎖をふりほどこうと、力任せにもがいた。

「答えろ！　タウンゼント！」

かすれた絶叫にもタウンゼントはふりかえらない。

やがて呆然とくずおれるガイウスをあざけるように、錠(じょう)をおろすけたたましい音が、牢に垂れこめた闇(やみ)をふるわせた。

5

幼き日のアレクシアは、従姉のセラフィーナに憧れていたという。

かつてアレクシア自身が、ガイウスにそう洩らしたことがあるらしい。

役作りの糸口がそれだけというのはどうにも心許ないが、メリルローズ妃の女官として王族と接していたヴァーノン夫人も、親しげに従姉さま、アレクシアと呼びあう少女時代のふたりの仲をほほえましく見守っていたというので、ともかくもその姿勢で受けてたつしかない。

「本当にぼくが同席しなくてもいいのかい？」

いま一度アシュレイに問われ、ディアナはうなずいた。

もうすぐセラフィーナが見舞いにやってくる予定なのだ。

窓辺の円卓には、給仕役のヴァーノン夫人によって、すでに二人分の茶器が用意されている。ディアナは皺ひとつないクロスに、ぎこちなく両手を組みあわせた。

「もちろんあなたがいてくれたほうが心強いに決まってるわ。でもセラフィーナさまは気のおけない従姉妹として、あたしの相手をしにくるおつもりなんでしょう？　それなのにあなたがそばを離れずにいたら、おたがい気まずくならないかしら」

先日のおもいがけない再会からほどなくして、セラフィーナから近く見舞いにうかがいたい旨の知らせが届いた。もちろん拒否などできようはずもなく、早々に二度めの対面が実現することになったのである。

「たしかに男のぼくがいては、心からくつろぐことはできないかもしれないね。そもそも彼女にしてみれば、グレンスター一族もまた、ご父君のケンリック公を見捨てた宮廷人にほかならないのだろうし」

おだやかな声で語られる、寒々しい現実に、ディアナはどきりとする。

「でもこのあいだは、あなたとの再会を喜んでいるみたいだったけど」

「そこは宮廷の流儀に従ったまでではないかな」

「……本音をみせたら負けってこと?」

「そんなところだね」

アシュレイは批判も諦観もしきれない、もどかしげな微笑を瞳によぎらせる。

そして円卓越しに身を乗りだすと、おもむろにディアナの手をとった。

「どうか用心して、ディアナ。セラフィーナさまに自覚はないにしろ、ウィラード殿下の息のかかった相手であることは事実だ。彼女がここで見聞きしたことは、もれなく殿下にも伝わると考えたほうがいい。心を許すのは危険だ」

「わかってるわ」

指先の熱からつとめて意識を逸らしつつ、ディアナは気丈に請けあう。

「まずいことになりそうなら、疲れたふりでもしてごまかすわ。病人の演技もいい加減に慣れてきたし」

「本当にきみは頼もしいね」

しみじみと感嘆のため息をつくと、アシュレイは名残惜しげに立ち去った。

アシュレイはただ、しくじりの許されないディアナを案じているだけだ。そう考えようとしても、いとおしむようなぬくもりが浸みこみ、ディアナの頬を火照(ほて)らせる。

するとその熱も冷めやらぬまに、雅やかな待ち人は姿をみせた。

冬空に雪がきらめくような、上品な銀鼠(ぎんねず)の衣裳(いしょう)をまとい、腕にちいさな花束をかかえたセラフィーナは、

「お加減はいかがですか、王女殿下？」

かしこまるディアナを気遣わしげにうかがった。

「幸いおちついています。まだ本調子とはまいりませんが」

「どうぞご無理はなさらないで。お辛い経験をなされたばかりなのですから」

セラフィーナはそういたわり、たずさえてきた花束を遠慮がちにさしだした。淡い紫の花弁に、明るい黄の花芯の愛らしい小花が、ふんわりとまとめられている。

「今朝ほど、早咲きの紫苑(しおん)の花をみつけて摘(つ)んでまいりましたの」

「セラフィーナさまが、手ずからご用意くださったのですか？」

「長のご療養の無聊(ぶりょう)を、わずかでもお慰めできたらと」

「それは……嬉(うれ)しいお心遣いをありがとうございます」

ディアナは心打たれたように、おもいがけない手土産(てみやげ)を胸に押しあてる。気取りのない贈りものは、実際にディアナの緊張をやわらげてくれていた。《白鳥座》での舞台がはね

たあと、頬を上気させた少女から野辺で摘んだとおぼしき花束を贈られた、嬉しい記憶がよみがえる。

「さっそく花瓶に活けて、寝室に飾らせていただきます」

「殿下のお気に召したのでしたらなによりですわ」

セラフィーナはひっそりとほほえんだ。

ディアナはおもいきって願いでる。

「あの、できたら昔のように、アレクシアと呼んではいただけませんか？」

「……よろしいの？」

「セラフィーナさまがお嫌でなければ」

「ではわたくしのことも、どうぞセラフィーナ従姉さまと」

ふたりは微笑をたたえ、おとずれた沈黙のなかで向かいあう。ほんのわずかのあいだにすぎなかったが、そこにはたしかに言葉にならない感慨が存在していた。

ともに王族の娘として、近しい仲であったはずの従姉妹たちが、ある日を境にまったく異なる環境に身をおくことになった。その十年という歳月の長さをまざまざと感じさせられて、ディアナはほとんど震撼をおぼえる気分だった。

「どうぞこちらにおかけください」

ディアナはうしろめたさを隠すように、さりげなく視線を逃がした。

　やがて給仕を終えたヴァーノン夫人が花を預かり、部屋にはふたりが残される。

「宮廷にいらしたばかりで、なにかご不自由はありませんか？」

「まだとまどいはありますが、おかげさまでなんとか。郊外の住まいからそば仕えの者を連れてまいりましたし、入り用なものや内廷でのわたくしの扱いについても、あらかじめ準備をととのえたうえでお迎えいただいたので」

「すべて兄上が？」

「ええ。ご多忙の身でありながら、かならず日に幾度かは様子をうかがいにいらしてくださいます。従妹（いとこ）の暮らしぶりに心を砕くのは、当然のことだとおっしゃって」

　そのふるまいは、傍目（はため）には不遇の従妹に手をさしのべているように映るだろう。しかし実際は、大切な持ち駒を手なずけようとしているだけではないのか。そんな考えが脳裡を占めて、ディアナはなんともいえず息苦しい心地になる。

「グレンスターの従兄殿も、あなたのことをずいぶん気にかけておいでのようね」

「アシュレイですか？」

「王宮に泊まりこみで、あなたに付き添っているとか」

　ディアナは神妙にうなずいた。

「彼は、わたしがローレンシア行きの航海で命を落としかけたことに、ひどく責任を感じているようなんです。それでこちらが心苦しくなるくらいに、なにくれとなく世話を焼いてくれて」

「お察しするわ。アシュレイは昔からあなたをとてもかわいがっていらしたから」

「そう……でしたでしょうか？」

ディアナはおもわず問いかえしてしまう。従妹とはいえ、国王の娘でもあるアレクシアと親しいつきあいはなかったとアシュレイは語っていたが、子ども時代はそうでもなかったのだろうか。

そのアレクシアに容姿が似ているからではなく、ディアナがディアナだからこそ惹かれているのだと、アシュレイから好意らしきものを打ち明けられたのは、つい先日のことだというのに。

ディアナの胸の奥に、じわりと黒い靄（もや）がたちこめる。

「昔のことですから、あまり憶えておいでではないかしら。お転婆（てんば）な王女さまでいらしたあなたを、アシュレイが草だらけになって追いかけていたものですけれど」

「……すっかり忘れておりました」

ほのかに口許をゆるめ、茶器をかたむけるセラフィーナの所作（しょさ）は、奥ゆかしく美しい。

活発な気性のアレクシアにとって、楚々（そそ）たる美貌（びぼう）の、おとなしやかな姫君は、かくあるべき理想の王女の姿として感じられたのかもしれない。自分にはない美徳を持ちあわせた五歳年嵩（としかさ）の従姉を慕いたくなる気持ちなら、理解できる気がした。

ディアナもまた、お茶で喉をうるおしながら、さりげなく予防線を張る。

「じつはあの時期の記憶は、もともと断片的でしかないんです。母も長く死の床についていましたし、幼心に封印してしまいたいという気持ちが働いたのかもしれません」

セラフィーナは痛ましげにうなずいた。

「それにわたくしの父の事件が続いたのですものね。大人ばかりの宮廷におひとりきりで残されて、さぞお心細い日々を送られたことでしょう」

「ですがわたしなどよりも、あなたのほうがよほど……」

「わたくしはすでに、ものの道理のわからぬ子どもではありませんでしたから」

たしかに十二歳といえば、おろおろと親にしがみついて、泣きじゃくるだけの子どもではないだろう。だが困難な現実を理解はできても、それに対抗するだけの力は持たず、女の身であればなおさら絶望は深いかもしれない。

十一歳で娼館に売られようとしていたディアナも、月のものなどまだ一度もおとずれていなかったが、女の身体がどのように扱われるものかは知っていたし、混乱と恐怖と憎悪のあまりに、痩せこけた四肢がずたずたに裂けてしまいそうだった。

そのときふとディアナは思い至った。

大逆罪で処刑されたケンリック公は、たしか謀反の計画の詳細については明らかにされないまま、エルドレッド王の一存によって投獄されたのではなかったか。妻子が処刑を免れたこともあいまって、当時からその罪が濡れ衣かもしれないという噂がささやかれていたというが……。

「セラフィーナ従姉さま。ひょっとしてあなたは、ケンリック公の名誉を回復なさることをお考えなのですか？」

「お気をつけて。その名は宮廷では禁句とうかがいましたよ」

軽はずみな少女をからかうようにたしなめ、セラフィーナは目を伏せた。

「すぎたことをいまさら騒ぎたてるつもりはありません。埋もれた真相というものがあるにしろ、陛下のご勘気にふれた父に、それをくつがえせるだけの信頼がなかったことには変わりありませんし、濡れ衣の証拠が得られたところで手遅れです」

あくまでものやわらかな声音とは裏腹に、その言葉は手厳しい。

「わたくしはすでに、信じることをやめてしまったのですから」

「……え？」

「母は信じようとしました。父の無実を、陛下の恩赦を、宮廷人の助けを。自分に都合の好い真実にすがろうとして、あげくに心を病みました」

ディアナはおそるおそる問う。

「それでお亡くなりに？」

「そのようなものです」

いつしかセラフィーナは窓の外に目を向けていた。

柔和なそのまなざしには、いったいどんな景色が映っているのだろうか。

幽閉を解かれたセラフィーナとの再会を、アレクシアが積極的に望むことはなかったという。それはセラフィーナの見捨てられた十年の意味を、アレクシアなりに察していたからなのかもしれない。

いまさら悟ったところで手遅れだが、ディアナの役者としての感性も、おぼろげながら嗅ぎとっていた。うかつには踏みこめない、だが心をとらえてやまない、醸成された魂のたたずまいのようなものを。

やがて我にかえったように、セラフィーナは首を横にふった。

「ごめんなさい。このような繰り言は、お耳汚しでしかありませんね」

「そんなこと」

ディアナは否定するが、続ける言葉がみつからない。

「どうかそのようなお顔をなさらないで。小夜啼城での暮らしは、陛下の恩情でもあったのですから」

たしかに身分も財産も剝奪され、もはや名家に縁付くことも難しいだろうセラフィーナにとっては、たとえ城壁にかこまれて朽ちるだけの人生であっても、日々の生活が保障されていることは、ありがたい境遇ともいえるのかもしれない。

「いまは亡きダリウス公ご夫妻のご意向で、大々的な改修をほどこされてからは、王家の離宮という本来の用途でしばしば使われておりましたから、住み心地も申し分ないものでしたし」

フレイザー王家に連なる生まれのエレアノール妃は、現王エルドレッドの祖母にあたる姫だが、かつては廃王ベイリオルの遺児として小夜啼城に幽閉されていた。

のちに王宮に迎えられ、晴れてデュランダル王家のダリウスに嫁いだものの、長く少女時代をすごした小夜啼城や、城主にして看守役でもあるキャリントン家の者たちにも愛着をいだいていたことから、王族の保養先としていつでも快適に滞在できるよう、改修に踏みきられたのだという。

それがふたたび貴人の檻（おり）になるとは、代々城を守ってきたというキャリントン家の人々も、複雑な心境だったのではないだろうか。

「王都よりも気候はやや穏やかとのことですが」

ディアナが水を向けると、

「そうですね。西の海から、暖かく湿った風が流れこんでくるためのようです。代わりに雨は多いですが、それもまた恵みとなりますから」

セラフィーナは懐かしむように目を細めた。

「小夜啼城では長年の伝統で、多種の薬草を栽培しているんです。それらを加工して売ることで諸経費をまかなっているると知り、わたくしもじきに手伝うようになりました。慣れると土いじりも楽しいものですわ」

「たしかエレアノール妃もそうした草花の知識を宮廷に持ち帰られて、上流社会での需要が増えるきっかけになったとか」

ディアナにとってはにわか知識だが、セラフィーナは嬉しそうにうなずいた。

「さきほどお渡しした紫苑の花も、小夜啼城では根に効能のある薬草として育てられていました。毎年秋になると、かわいらしい花で心なごませてくれたものでしたから、こちらの並木道でもつい目にとまりまして」

「そうでしたか」

「もうじきあの群生は、木蔭に紫の絨毯を広げるように、一斉に花を咲かせ始めることでしょう。よろしければ近くご一緒に、気晴らしの散策でもいかがかしら」

「え……と」

ディアナはとっさの決断に迷い、くちごもる。不安はあるが、これからもセラフィーナの見舞いは避けられないとしたら、室内で顔をつきあわせているよりも、むしろ気が楽だろうか。

「もちろん侍医や護衛の許可も必要でしょうけれど」

そう続けるセラフィーナに、ディアナは笑みをかえした。

「喜んでおつきあいさせていただきます。無理のない程度に外の空気を吸うことは、すでに了解を得ていますし、付き添いもアシュレイに頼めばすみますから」

「でもたしかあなたには、専属の護衛官がいらしたはずでは？」

「そうなんですが、ここしばらくは王宮を留守にしているので」

「休暇でも？」

「それがどうやらアンドルーズ家の……家族からの呼びだしで、すぐにはそちらを離れられない事情があるようなんです」

「アンドルーズ？」

「ええ。侯爵家の」

その家名にとまどいをおぼえたのか、セラフィーナは思案げに口許に手を添える。

「ひょっとしてなにかご存じですか？　彼からの連絡を待っているのですが、詳しいことはわからないままで」

「音信が絶えていらっしゃるの？」

そう問われ、ディアナはぎこちなくうなずいた。

「宮廷を離れるとの知らせを寄越したきり、もう一週間になります」

あらためて口にしてみると、尋常ではない状況に不安がふくらみだす。

もしも家族が危篤に陥っていたり、あるいは領地での揉めごとなどを治めるために奔走しているとしても、伝言を託した遣いを走らせるくらいのことはできるはずではないか。

セラフィーナがためらいがちに口を開いた。

「わたくしの記憶違いかもしれませんが、今朝ウィラード殿下からうかがいました。アンドルーズ家のご子息が、王宮の地下牢に投獄されていると」

「……投獄？」

耳慣れない言葉が、すぐには意味を結ばない。

「ローレンシア行きの艦隊が襲撃を受けたのは、その者が裏で賊に情報を流していたからとのことでしたけれど」

「ありえません！」

ディアナは弾かれるように席をたった。

その内通者がよりにもよって、賊と抗戦して大怪我を負い、主従そろって命を落としかけたあのガイウス・アンドルーズだというのか？

「ガイウスのわけがありません。そんなことがあの男にできるはずないんです」

「アレクシア」

ディアナの剣幕に驚き、セラフィーナも腰を浮かせる。

「どうかおちついて。わたくしは昨今の宮廷事情に疎い身ですから、なにかひどい誤解をしたのかもしれません」

そうかもしれない。だがそうでないかもしれない。

ガイウスが不自然に消息を絶った事実からして、まずまちがいなく投獄されていたのだろう。だがその罪状は馬鹿げたものでしかない。となれば誰かに嵌められたのだ。誰か——おのれの罪を無実の者になすりつけ、葬り去りたい誰かに。

ディアナはこわばる舌をなんとか動かした。

「兄上は、他になんとおっしゃっていましたか？」

「たしか……手を結んだ賊について、獄吏が自白を求めているところだとか」

「それって」

「おそらく手荒な方法でということかと」

セラフィーナは言葉を選んだが、要するに拷問で口を割らせるつもりなのだ。だが身に覚えのない罪を、白状できるはずもない。

「彼が罪を認めなければ、どうなるのでしょうか」

「たとえ否認をつらぬいても、証拠があがっている以上は、極刑は免れないだろうとのことでしたけれど」

「極刑……」

「ガーランド国王の娘を弑逆せしめんとした大逆罪により、どなたか王族の承認が得られしだい、本人不在の形式的な裁判のみで速やかに公開処刑となるはずです」

蒼(あお)ざめたふたりの視線がからまりあう。

「かつてわたくしの父がそうであったように」


「隠していたのね」

アシュレイが姿をみせるなり、ディアナは問いつめた。

セラフィーナにはすでに見舞いをきりあげてもらっている。

気分が優れないからと説明したが、演技でとりつくろうまでもなく、さきほどから寒気とも怖気(おじけ)ともつかないふるえがとまらなかった。

「いつから知っていたの？」

「……昨日だ」

わずかな逡巡(しゅんじゅん)をふり捨てるように、アシュレイはディアナをみつめかえした。こちらの険しい表情から、ごまかしは無意味と察したようだった。

「きみの心境をおもんぱかって、できうるかぎり伏せるべきだと父が判断した」

その口調はあくまでおちついていて、ウィラードの悪趣味な冗談に踊らされているだけなのかもしれないという、一縷(いちる)の望みも打ち砕かれる。

「でも、どうしてそんなわけのわからない状況になってるのよ？　ガイウスがいなくなるまえに、あたしに寄越した手紙はなんだったの？」

「我々も詳しい経緯を把握できてはいないのだけれど、彼の私室から王女の持参品の一部が発見されたとの報告を、ウィラード殿下が受けていたらしい」

「持参品って、あの襲撃で奪われた？　だったらなんの証拠にもならないじゃない。出処がわからないまま、とっくにあちこちで売りさばかれているかもしれないんだから」

「ただ内々に監視をつけられていたガイウス殿が、いかにも不審な行動を――単独で王都を離れて南岸の港町に向かい、何者かと接触しようとしたことが決定打となって、捕縛に至ったようだ」

「港町？　それってまさか――」

アシュレイが深刻なまなざしでうなずく。

「アレクシアを捜しにかけつけたのかもしれない」

ディアナはふいに足許がゆらぐ感覚にとらわれた。ふらついた身体を、アシュレイの腕に支えられるが、ふりほどく力も残っていない。

「ひどい顔色だ。座ったほうがいい」

うながされるままに長椅子に腰をおろしても、歪んだ天地に圧し潰されそうな息苦しさは増すばかりだ。ディアナは肘かけにすがりつきながら、胸許をつかんだ。

いざとなればガイウスがなによりもアレクシアを優先することなど、もとより承知していたはずだ。なのにこの痛みときたら。いまさら裏切られたとか、見捨てられたとか感じる道理などないはずなのに。

ディアナはなんとか呼吸をととのえると、

「それでアレクシア王女は?」

「幸か不幸か、彼女の所在を知らせる情報は届いていないようだ」

「でもガイウスは、なにか手がかりをつかんでいたからこそ、その町をめざしたんじゃないのかしら」

「我々グレンスターもそう考えて、急ぎ捜索の指示をだしたところだ。もっとも拷問に屈した彼が、アレクシアの足跡につながる情報を洩らすことはないだろうけれど」

「同感ね」

だがガイウスにとっては、はなはだ芳しくない状況だ。嘘をついて職務を離れた理由を釈明できないまま、拷問に耐え続けなければならない。

「だったらなおさら早く助けださなくちゃ。なにか方法はあるんでしょう?」

だがかたわらに膝をついたアシュレイは、首を横にふった。

「残念だけれど、ぼくたちにはどうしようもない」

「どうしてよ?」

「おそらくウィラード殿下は、襲撃事件の始末を早くつけたがっている。まず第一に自分から疑いを逸らすため。それに対外的にも、王女の随行団を狙った襲撃に諸外国の思惑がからんでいると勘繰られるのは、ガーランドの国益にならない。だから海賊と手を結んだとの罪状で裁くのに、特定の勢力との結びつきのないガイウス殿は、まさに打ってつけの相手なんだ」

　頑是ない子どもを諭すように、アシュレイは言葉を尽くして説明する。その的確さ冷静さが、じりじりとディアナを追いつめていく。

「加えて殿下にしてみれば、常に妹王女の身の安全に目を光らせているガイウス殿は、そもそもが邪魔な存在だ。たとえでっちあげの罪でも、いまのうちに排除しておくに越したことはないと考えてもおかしくはない。こんなかたちで彼の掩護を失うことは、ぼくたちとしても痛手だけれど――」

「だったらなんとかしてよ！」

　ディアナはたまりかねて悲鳴のように訴えた。

「できない。あいにく奇襲を受けたあとの彼には、空白の数日間がある。艦隊がラグレスに寄港したときも、下船する王女の隣に彼の姿がなかったことは周知の事実だ」

　もちろんディアナも憶えている。寄り添うアシュレイに支えられながら、ラグレス港の群衆に王女の健在を印象づけたのだ。

「そもそもアレクシアとともに海を漂流し、海岸にたどりついたという経緯が、彼の自己申告にすぎない。海に転落したのはアレクシアだけで、じつは賊と行動をともにしていた可能性だって——」

「ありえないわ！」

「おちついて。もちろんぼくたちもそこまで疑いはしないよ。けれど下手に彼を擁護すれば、こちらにも嫌疑がかかる恐れがある」

「痛い腹をさぐられたら困るってわけ」

「そうだ」

精一杯の皮肉にもアシュレイはひるまない。その態度でディアナは悟った。

アシュレイにとって、ガイウスの窮状はやむなきこととして、すでに折りあいがついているのだ。悪気なく手のひらをかえすのが貴族というものだという、かつてのガイウスの警告が脳裡によみがえる。

「……そうやってなんでも切り捨てるのね」

「きみを守りたいからだ」

「あたしじゃなくて、アレクシア王女をよ」

「同じことだよ」

「違うわ」

「ディアナ」

「でてってよ！」

さしのべられた腕を払いのけ、ディアナは両手に顔をうずめた。

「お願いだからひとりにさせて。ひとりになりたいの」

「……わかった。きみがそうしたいのなら」

決してディアナの望みをないがしろにするつもりはないのだと、あらためて伝えるように言い残し、アシュレイは部屋をあとにした。

認めがたい現実を締めだしても、胸には冷え冷えとした心細さが雪崩れこみ、立ち枯れた樹の洞のように凍えさせるばかりだ。

信じられるものがなにもない。こんな感覚に陥るのは久しぶりだ。

そしてふと気がつく。あらゆる宮廷人に背を向けられたという少女時代のセラフィーナも、同じ気持ちを味わったのだろうか。

「いやはやまったく、アレクのおかげで大助かりだよ」
座長のデュハーストは、上機嫌でアレクシアをねぎらった。
市内での所用を終えてきたら、アレクシアに頼んでおいた作業――走り書きした戯曲の清書がほとんどかたづいていたのだ。

目下《天空座》に居候の身であるアレクシアは、食い扶持を稼ぐためと称して、この手の雑務をあれこれ請け負っていた。芝居の素養がないため、当初はあくまでリーランドとノアのおまけ扱いだったが、期待以上に重宝してもらえているようでなによりである。

「おまけにおれの書斎が、なんだか急に広くなったような……」

「それはノアの精力的な働きによるものですよ」

アレクシアはくすりと笑い、壁際のノアに視線を投げる。

身軽な少年は、器用に本棚によじのぼったままふりむいた。

「掃除もあらかた終わったぜ。なんでこう、どいつもこいつも、使い終わったものをそのまま広げっぱなし放りっぱなしにしとくかな。その都度ちゃんとしまっておけば、欲しいものを捜して部屋をひっくりかえしたりしないですむのに」

「ははは。耳が痛いなあ」

三人が一座に身を寄せて、まだいくらも経たないというのに、ノアはもはや古株のような態度である。小生意気ではあるが、物怖じしない性格で気働きも利くため、すでに一座になじんでいるようだ。

するとと入口から声がかかった。

「そのだらしない奴らには、おれも含まれているのかな」

「あったりまえだろ、リーランド。あんたが一番ひどいんだよ」

「おれの見解では、才能の多寡（たか）と部屋の乱雑さは比例してるものなんだが」

「自分で言う奴があるかよ」

いかにも阿呆（あほ）臭いという冷ややかな一瞥（いちべつ）をくれ、ノアはぴょんと本棚から飛び降りる。

リーランドはおもしろがるように口の端をあげ、室内に足を進めた。

「打ちあわせの首尾はいかがでしたか？」

座長が留守にしていたのは、後援者であるアリンガム伯の屋敷に呼ばれていたからなのである。御前公演を控え、じきに野外舞台の設営や、その下見で王宮に出入りすることになるのを踏まえての相談らしい。

「おう。こちらの条件とのすりあわせは、おおむねなんとかなりそうだ。追加の経費ならいくらでも持つとの言質（げんち）も得たしな。伯としても御前公演の成功は悲願だから、王宮では絶対に下品なふるまいはしてくれるなとしつこく注意されたがね」

「それは念を押したくもなるでしょうね」

「なんだとお？」

座長はいかにも心外そうに眉を吊りあげてみせる。

「おれはこれまで何度も、気品ある王子や国王役で当たりをとってきたんだぞ」

アレクシアは目を丸くして、

「あなたが国王陛下の役を？　それは愉快だな。はは」

つい素で笑ってしまってから、我にかえって口を押さえる。

「あ……失礼。いまのはなかったことに」

「もう遅いって！」

ノアが噴きだし、リーランドもこらえきれずに肩をふるわせている。

「おいおい。三人ともそろってなんだよ。おれってそんなに威厳がないか？」

事情を知らない座長だけが、めんくらったようにぼやくので、リーランドはくつくつと笑いながら、

「いいんじゃないですか？　これからは庶民派の王をめざせば」

なんのなぐさめにもならない励ましを送ったうえで、さりげなく続けた。

「ところでその御前公演ですが、当日は王族の方々もご臨席されるんですか？」

リーランドが肝心の、宮廷内の様子をさぐろうとしている。そうと察して、アレクシアは息をひそめるように座長をうかがった。

「それがなあ。エルドレッド王がお出座しになられるかどうかは、残念ながらお加減次第といったところらしい」

「国王陛下はご体調を崩されているのですか？」

たまらずアレクシアが問うと、座長は声をひそめた。

「ここだけの話だが、最近は謁見も控えて、重要な裁可もほとんどウィラード殿下に委ねられているそうでね」

「悪いご病気だとか？」

リーランドがたずねても、座長はさてねと肩をすくめるばかりである。

たしかに王の病状は厳重に秘されるものなので、宮廷人でもよほど中枢に喰いこんでいなければ知りえないだろう。それでもいよいよ危ないとなれば、王権の移譲などでおのずと宮廷も騒がしくなる。

だからそこまで差し迫った容態ではないはずだと、アレクシアがけんめいにみずからを納得させていると、リーランドがなにげなく水を向けた。

「たしかアレクシア王女殿下も、いまは王宮でおすごしでしたよね。ローレンシア行きの船団が賊に襲われて、お輿入れが延期になったとかで」

「そうそう。ここしばらくは内廷で静養されているそうだ」

おそらくはグレンスターが手をまわし、王女が公に姿をみせずにすむ状況をととのえているのだろう。ともかくもディアナの秘密は守られているようで、安堵する。

だが座長は無念そうにため息をつく。

「幸いお命に別状はないそうだが、そちらのご臨席も期待しないほうがいいかもしれないな。長年そばに仕えていた護衛官が、反逆罪で処刑台に送られたんじゃあ、芝居を楽しむ気分にもなれないだろうし」

耳に注がれた言葉の数々が、意味を結ぶことを拒むように、ごうごうと脳裡を吹き荒れている。

ガイウスが命がけで敵刃（てきじん）から守り抜いてくれなければ、自分はとっくに海の藻屑（もくず）と消えていた。にもかかわらず、その敵に与（くみ）していた疑いをかけられるなんて。

否（いな）――疑いではない。王宮の地下牢に投獄されたガイウスは、すでに反逆者として処刑を待つばかりの身だという。

自白できる罪などあるはずもないのに、いったいどんな扱いを受けたのか。

想像するだけで、灼熱（しゃくねつ）の剣先に胸を抉（えぐ）られるようだ。

「まずまちがいなくグレンスターの計略だろうな」

狭い通路の壁に肩をあずけ、リーランドが苦々しく独りごちる。

「邪魔者を始末するのに、グレンスター一党の罪をもなすりつけて我が身の安泰（あんたい）を図るとはね。いかにも貴族さまらしい、鮮やかな手さばきでおそれいるよ」

神妙に黙りこんでいたノアも、納得がいかないように訴える。

「だけどその護衛官だって、貴族の若さまなんだろう？　しかも濡れ衣なのに、そんなにじゃないのか？」

簡単に殺したりできるものなのか？　ちゃんとした裁判とか、王さまの許しとかもいるん

　アレクシアは動揺の収まらない視線をあげた。

「反逆者の拷問や処刑は、王族の許可さえあれば執行できる。そもそもは国王の暗殺未遂などの、国家の危機に迅速に対処するための決めごとなのだろうが……」

　リーランドはすぐさま理解が及んだように、暗い天井をあおいだ。

「今回はウィラード殿下が処刑に同意されたわけか」

「おそらくは。グレンスターと同様に兄上もまた、早々にあの襲撃事件の片をつけたいとお考えだろうから」

「つまりそんな無理すら罷りとおるほどに、宮廷内でのウィラード殿下の影響力が増しているともいえるわけだな」

　アレクシアはぎこちなくうなずく。

　父王エルドレッドの病状は、小康を保っていた夏までよりも、あきらかに悪化しているようだ。やはり父王の死期が近づいているのだろうか。だとしてもアレクシアには、それを肉親の死として、うまくとらえることができそうにない。

　父王と相対するときのアレクシアは、いつもその鋭い視線に心の臓をつかまれて、冷ややかに値踏みをされている心地にとらわれていた。そこに充分な利用価値が認められなけ

れば、すぐにも屠られるしかない無力な子羊のように。

あたかも唯一なる神のごとく、宮廷における王の存在はあまりに大きく、あまりに絶対で、いまはただただその不在がもたらすかもしれない、不吉な未来の影におののくばかりだ。そしてその影は、すでに足許まで這い忍んできているのかもしれない。決してあってはならないことが、現実になろうとしているのだから。

アレクシアはみずからを奮いたたせた。

「もはや宮廷人に状況を動かす力がないのなら、なんとかしてガイウスを不名誉な死から救いださなければ」

「でもどうやって？」

リーランドが厳しい現実を口にする。

「公開処刑が次の休日なら、時間はもう残されてないぞ。きみがすぐにも王宮に乗りこんで、彼の無実を証明するつもりなら、悪いがおれはとめさせてもらう。準備不足のままでは、きみもディアナも危険すぎるからな」

たしかにアレクシアはグレンスターに命を狙われる身であり、王女の身代わりが露見すればディアナもまた身の破滅である。

そもそもリーランドは、長年《白鳥座》で苦楽をともにしたディアナのために協力してくれているのだから、アレクシアの護衛官を助けることに消極的だからといって、なじる資格はないのだ。

アレクシアはもどかしさをこらえてうつむいた。

「だったら正面突破はやめて、牢獄から連れだすしかないんじゃないか？」

気詰まりな沈黙をぶち破るように、大胆な提案をしたのはノアだった。

アレクシアは目をまたたかせる。

「ガイウスを脱獄させるというのか」

「うん。グレンスターの見張りだって、まさか姫さまが真夜中に城壁を越えて、地下牢に忍びこもうとするなんて思わないだろう？」

「それは妙案だが……仮に衛兵の目を盗んで侵入できたとしても、地下牢から裏門に至る通用口には、厳重な警備が敷かれているはずだ。とても突破できるとは……」

力なく首を横にふりかけたところで、アレクシアは動きをとめた。

「むしろ城壁の外にでてしまえば、警備は手薄になるのか」

そのつぶやきに、リーランドが反応する。

「つまり処刑台までの移動を狙うってことか？」

「そう……それだ！」

ようやくつかんだ突破口に、アレクシアは勢いづいた。

「あなたがわたしを《黒百合の館》から助けだしてくれたときのように、護送馬車の隊列をうまく攪乱（かくらん）することができれば！」

　その熱意に押されたのか、リーランドが腕を組んで考えこむ。

「たしかに煙玉なら、ここでいくらでも調達できるだろうが……」

「目くらましに煙玉を使うのか？　だったら投げるのはおれに任せとけよ！　芝居の呼吸にあわせるのに、さんざん腕を磨いたから、狙いをつけたら外さない自信あるぜ」

　ノアが頼もしい名乗りをあげてくれるが、リーランドは難しい表情だ。

「しかしなあ……相手は自力で歩ける状態かどうかもわからないし、なんとか彼を強奪できたとして、そのあとは？　無実の罪であろうと、反逆者の身柄を強奪したうえにここで匿（かくま）えば、一座の者たちも巻きこむことになるぞ」

「あ……」

　そこまでは考えが及んでいなかった。無実の罪を晴らさないかぎり、ガイウスの人生は奪われたままで、いまの自分はそんな彼に安全な隠れ家を用意してやることもできないのだ。そう思い知らされて、アレクシアはますます打ちのめされる。

「だからって、なにもしなきゃ殺されるだけの奴を見捨てるのかよ！」

　まさにアレクシアの気持ちを代弁するように、抗議したのはノアだった。

　それに驚き、続いて納得したアレクシアの胸に、息苦しいような痛みが広がる。

　ノアにとってのアレクシアは、協力する義理がないどころか《白鳥座》の仲間たちを死に追いやった仇も同然の存在だ。にもかかわらず、けんめいにガイウスを救出せんとするノアを真に駆りたてているのは、仲間を見捨てて逃げるしかなかった自分を責めたてる心なのかもしれない。

だからこそアレクシアは、ここで踏みとどまらずにはいられない。もしも自分が無理を押したあげくに、ノアがリーランドまでをも失うことになったら。

アレクシアは目許を隠すように、片手で額を支えた。

「……ふたりともすまない。わたしの先走りがすぎたようだ」

しばらく頭を冷やしてくると告げ、アレクシアはあてがわれた私室をめざした。

急な居候のために寝台の空きもなく、床に藁布団を並べただけの小部屋はノアとの共有だが、情の深い子だからきっとひとりにしておいてくれるだろう。

逃げるように部屋にかけこみ、扉に背をあずけるなり、アレクシアはずるずると床に崩れ落ちる。

こんなところで、自分はいったいなにをしているのだろう。

人並みならぬ犠牲に、なにひとつ報いてやれないまま、ガイウスが汚辱にまみれた死を与えられようとしているのに。

ふるえる膝に顔を埋め、アレクシアは呻く。

「どうすればいい」

どうしようもない。

それでもなにか——なにかかならず方法はあるはずだ。

火花を放つような緑柱石(エメラルド)の瞳で、アレクシアは宙を睨みあげる。

「わたしは諦(あきら)めない」

絶対に諦めてたまるものか。

朝になり、昼をすぎても、ディアナは寝室にひきこもっていた。

昨日からあまりに気分がふさぎ、王女を演じるどころか、グレンスターの人々とも顔をあわせていたくなかったのだ。

ひどい頭痛がするという訴えは、おそらくアシュレイも信じていないだろう。だがいまは下手に刺激せず、おちつくのを待つほうがよいと判断したようだ。

「そうよ。あたしがやけくそになって身代わりの秘密を暴露したら、なにもかも終わりなんだから。ざまをみなさいよ」

枕を相手にせせら笑ってみても、虚(むな)しさが募るばかりだ。

なにもかもが手の届かないところで決められ、自分はただ流されるしかないのだという無力感が、じわじわと心を喰い荒らしていく。

寝台にもぐりこんだまま、ディアナはぼんやりと天蓋(てんがい)をみつめた。

王弟一家が宮廷から姿を消した日も、アレクシアはこの部屋で、厳格に定められた日課をこなしていたはずだ。

生まれながらに与えられた——決して踏みはずしてはならない道を、ひたすら腐(くさ)らずに歩み続ける。受け身であるがゆえに、それはとてつもなく強靭な精神力を必要とすることなのではないか。

そのままならなさに比べれば、ディアナのこの六年間はきっと恵まれていた。

夢みることすらできなかった芝居の世界に身を投じ、稽古に励めば励むだけ上達の喜びが待っていた。自分なりの工夫を認められ、協力して作りあげた舞台がお客を楽しませているという実感は、なにものにも代えがたい充実をもたらしてくれた。

それでも舞台には、いつでもかならず代役がうしろに控えているものだ。どんな理由があろうと、舞台に穴をあければその役は誰かのものになり、芝居の世界は滞(とどこお)りなくまわり続ける。

まるで自分だけがこの世の祝福から弾きだされ、存在すらしなかったものに成り果てるように。

だから一瞬でも走ることをやめたら、けんめいにここまで築きあげた世界が、とたんにかき消えてしまうかもしれない。ときにはそんな不安にとらわれもしたが、それはとりもなおさずディアナに失いたくないものができたからにほかならない。

アレクシアもまた、そんなふうに失いたくないものに支えられて、生き延びてきたのではなかったか。

「なのに、あの子がちゃんと戻ってきたときに、肝心のあなたが死んでちゃ意味ないじゃないのよ」

もはやおめおめと投獄などされているガイウスをなじるしかない。

それにディアナはいまになって、エリアス王太子の見舞いを断ったことを後悔し始めていた。順調に快復していたはずの姉が、ふたたび床に臥(ふ)したのではないかと、胸を痛めているかもしれない。彼にとってのアレクシアもまた、きっと代わりのいない存在だ。

そのとき遠慮がちに扉が叩かれ、ディアナはびくりとする。

「ディアナさま？　お休みでいらっしゃいますか？」

腫(は)れものにさわるように声をかけてきたのは、ヴァーノン夫人である。

本来ならディアナのほうがへりくだるべき身分にもかかわらず、こんなふうに気を遣わせていることに、いたたまれなさがこみあげる。

「……なにかご用ですか？」

「ただいまセラフィーナさまがおみえになられまして、もしお目覚めでしたらお見舞いのお許しをいただきたいとのことなのですが」

「セラフィーナさまが？」

ディアナは枕から頭をもたげた。

期待したエリアスではなかったが、いまのディアナにとっては招かれざる客というわけでもなかった。偶然の流れとはいえ、ガイウスの状況を隠さずに教えてくれたという点では、グレンスターよりも信用できるくらいだ。ウィラードとつながりのある彼女と交流を深めることに、抵抗がないとはいえないが、ディアナは心を決めた。

「寝台からのお相手でもかまわなければ、お会いします。そうお伝えしてください」

さっそく寝巻きに肩かけを羽織り、手櫛で髪をととのえながら、麗しい従姉に相対するアレクシア王女の仮面をかぶる。

やがてためらいがちに姿をみせたセラフィーナを、

「このような格好のままで、どうか失礼をお許しください」

ディアナはややしおれた笑みで迎え、枕許の椅子にうながした。

「とんでもありません。お辛いのでしたらすぐに退散いたします。ただ……昨日のご様子が気にかかりましたものですから」

たしかにあのときのディアナはひどく狼狽していたため、そのせいで体調を崩したのではないかと、セラフィーナは責任を感じているようだ。

「お心遣いに感謝いたします。あまりに信じがたいことで、つい取り乱してしまいましたが、おかげさまでもうおちつきました」

「では――」

ディアナの視線をとらえ、セラフィーナは言葉をつなぐ。

「護衛官殿の罪状について、すでにご納得をされたのですか？」

投げかけられた問いに、どのような意図があるのか。とっさには察しかねてディアナはくちごもるが、すぐに躊躇を押しのけた。

「いいえ。そのような不義に、あの者が手を染めることなどありえませんから」

「そのかたを信じていらっしゃるのね」

「はい」

アレクシアなら一分の疑いもなく信じるだろう。

ディアナはそう信じ、離れ離れになった主従の絆をも信じた。

決然と告げたディアナをみつめたまま、セラフィーナはささやく。

「そのかたにお会いになりたい？」

ディアナはかすかに目をみはる。彼女のくちぶりは、こちらの心情を訊きだすためではなく、あたかも会えることを前提に選択をうながしているかのようだった。

「……できるのですか？」

「方法はあります。ただ対面し、わずかに言葉をかわすだけなら」

「でも……」

長く宮廷を離れていたのに、なぜその方法を知るのかという困惑が顔に浮かんでいたのだろう、セラフィーナは目を伏せて語りだした。

「わたくしの父が謀反の疑いありとして捕縛されたとき、母とわたくしもともに地下牢に投獄されましたが、ほどなく父のみを残して王都の自邸に監禁の身となりました。じきに有罪が決まり、あとは処刑を待つばかりというとき、せめて家族との別れの対面をと手筈をととのえてくれた者がいたのです」

それは十二歳の少女にとって、どれほど過酷な体験だったのだろうか。

あまりの壮絶さに、ディアナはあらためて愕然とさせられる。

「長く獄吏を務めている者なら、父の収監も記憶しているでしょうから、わたくしが口添えをすれば便宜をはかってくれるかもしれません。おそらくそれなりの対価が必要になるでしょうが」

「対価？」

「礼金か、それに代わる価値のある品です。かさばらず、懐に納めやすいものが望ましいでしょう。ご用意できそうですか？」

あいにく金貨も銀貨も持ちあわせていないが、目のくらむような宝飾品ならあちこちの抽斗(ひきだし)にしまわれている。無断で持ちだすのはさすがに気が咎めるが、もはや手段を選んでいられる状況ではない。ディアナは腹をくくった。

「できると思います」

「ではわたくしのほうで話がつきましたら、あらためてお知らせをいたします。それまでどうかお心を鎮(しず)めてお待ちください」

励ますように伝えたセラフィーナは、ふと口許をゆるめた。

「あちこち御髪(おぐし)が跳ねて、まるで森の茂みにもぐりこんで兎(うさぎ)を追いかけていらしたころのようね」

「お、お見苦しくてすみません」

ディアナは赤面し、あたふたと髪をなでつける。

「よろしければわたくしが梳(と)かしてさしあげましょう」

「そんな。従姉さまのお手をわずらわせるなんて――」

「どうか遠慮なさらずに。昔もそうして、女官の真似(まね)事に興じあった仲なのですから」

気のおけない子ども時代を持ちだされると、強く拒絶するのもためらわれる。

「……ではお言葉に甘えて」

ディアナは肩かけをとり、もぞもぞと身体をずらして、銀の櫛を手にしたセラフィーナに背を向けた。おとずれた静けさにさらさらと、櫛のすべる音だけが、むずかる子をなだめる子守唄のように流れ続ける。

ディアナの視線の先——窓の花瓶に活けられた紫苑は、まだ瑞々しい。

はたしてあの花が枯れるまでに、ガイウスに会うことはできるだろうか。

あるいはあの花の寿命こそが、ガイウスの終焉のときとなるのではないか。

そんな儚さは、あの男に似あわない。けれども不吉な予感は拭いきれず、いつまでも心に巣喰ってディアナを苛み続けた。

王宮の地下牢には、ガーランド宮廷の歴史が刻まれている。

古より歴代の王に仇なす者たちが、苛烈な拷問や長の禁獄によって身も心も痛めつけられ、命を落としてきたという。

国事犯に、高位の聖職者や、異端の学者まで。なかには冤罪や、為政者の都合で人生を奪われた者も、大勢いたのだろう。

その苦痛と無念の絶叫が、流された血や涙とともに石壁に浸みこんで、いまも不気味な残響を轟かせているようだ。

じめついた冷気が、襟足から蛇のように這い忍んできて、ディアナはたまらず首をすくめる。

黙々と先導する獄吏に続きながら、セラフィーナがディアナにささやいた。

「わずかなあいだですが、おふたりきりにしていただけるよう頼んであります。ただ囚人にはみだりにお近づきにならないようにと。覗き窓から異変がうかがえたら、すぐにかけつけるそうです」

「わかりました」

つまりガイウスとのやりとりは、すべて聴かれていることを前提に進める必要があるのだ。王女らしい態度を崩さないのはもちろんのこと、問いひとつにも慎重に言葉を選ばなければならない。

「それともうひとつ」

セラフィーナは苦しげに声をひそめた。

「どうかお覚悟のうえで、臨まれますように」

ディアナは頰をこわばらせる。セラフィーナは暗に告げているのだ。ガイウスが想像を超えたひどいありさまかもしれないと。

「大丈夫です」

ディアナは毅然とうなずき、セラフィーナの気遣いに目礼をかえす。

アレクシアは気丈な王女なのだから、辛い試練にも耐えてみせるはずだ。

だから王太子エリアスによる見舞いも、あれからは断っていない。しかしガイウスの投獄について、エリアスはなにも知らされていない様子なので、その件についてはいまだ口をつぐんでいる。

はなから情報が遮断されているのは、つまるところエリアスには状況を左右するだけの影響力がないことを意味してもいる。そうとわかっていてあえて真実を告げるのか、嘘をついてでもいたいけな王子の心をわずらわせまいとするのか、どちらが正しいのかディアナにはわからない。アレクシアもそんなふうに、罪悪感の板挟みにとらわれることがあったのだろうか。

セラフィーナから連絡を受けたのは、二度めの見舞いの翌夕のことである。新しい花束を届けにきた遣いの侍女と、ひそかに手順を打ちあわせると、ディアナはそれから丸一日をおとなしくすごした。

そして夕餉をすませ、今夜は早めに休むからと寝室にこもった。やがてヴァーノン夫人も控え部屋にひきあげ、寝静まったとおぼしきころを見計らい、ふたたび着替えて深夜の鐘が鳴るのを待った。

とにかく部屋を脱けだしてしまえば、こちらのものである。迎えにきたセラフィーナと廊の角で合流すると、手をひかれるままに複雑な廻廊を——察するにひとけのない経路を選びながら、ここまでやってきた。

やがて足をとめた獄吏は、鉄鋲で鎧板を打たれたものものしい扉に鍵をさしこむ。きしみながら扉が開くとともに、鼻をかすめるのは血と汗の凝ったような臭いだ。ディアナはこくりと唾を呑みくだし、奥の暗がりに向かって踏みだした。

「……ガイウス？」

ふるえる手で燭台の焰をかざす。そしてその惨状を目にするなり、とっさに反対の手の甲を口許に押しあてて、悲鳴をこらえた。

禍々しい鎖につながれ、裂けた布から無数の傷をさらして横たわる姿は、まるで悪神にもてあそばれ、壊れて放りだされた木偶人形のようだった。

いまもそこに魂が宿っていると感じることができない。もしもすでに魂が離れかかっているのなら、それをひきとめられるのは自分ではない。彼女だ。

ディアナは膝を折り、ぎこちなく呼びかける。

「ガイウス。わたしがわかるか」

乱れた黒髪から、汚れた蠟のように生気のない頰がのぞいている。目を背けたくなるのをこらえ、ディアナは口を動かし続ける。

「おまえの仕えてきた主——王女アレクシアの名もすでに忘れたか」

挑発と哀願と、自分でもよくわからない感情のうねりを乗せて言い放つ。

するとガイウスのまぶたが、かすかにふるえた。

残されたわずかな力をかき集めるように、

「姫……さま？」

虚(うつ)ろな瞳が裳裾(もすそ)をたどり、けんめいに視線をもたげて、主の姿を認めようとする。

焦点を結びきらない双眸が、いまにも深い失望に染まる予感に耐えきれず、ディアナはとっさに目をつむった。

愛する娘の幻影を、こんなまなざしで追い求めようとする男がいるのか。

こみあげる激情を、眉を集めて抑えこみ、みたび問いをかさねる。

「ガイウス。わたしがわかるか」

甘い夢を断つように、無粋な鎖がざらりときしむ。

狙いどおり、強く問いただすディアナの口調から、言外の意味を正しく読みとったのだろう。声になりきらないガイウスの笑いが、いったい誰に向けられたものなのか、かすかに空気をふるわせた。

「……目と耳はまだ利くようで」

かすれきった声が痛々しい。ディアナはなんとか平静を装い、ガイウスをうかがった。

「それに減らない口も利けるようだな」

「幸い、顎(あご)も砕かれてはおりませんので」

ガイウスは目を伏せ、わずかに口調をあらためた。

「お許しもなくおそばを離れ、このようなお見苦しい姿をお目にかける仕儀となり、慚愧の念に堪えません」

「まったくそのとおりだ」

意図した以上に棘のある声になる。だがもはやとめられなかった。

「わたしのそばにいると約束したのに」

ディアナがアレクシアを演じるかぎり、全力で守ると誓ったはずだ。

「わたしの呼びつけには、すぐに応じるとも」

吐きだしたいことがあれば、すべて受けとめる覚悟をも伝えたはずだ。

「心よりお詫びを……」

「謝ってすむことではない」

すなおな謝罪の言葉が、ディアナを無性にいらだたせる。なによりその、すでになにもかもを達観したようなくちぶりが、不吉に胸を締めつけるのだ。

「なにかわたしに伝えたいことはないか」

助ける方法があるのなら、指示する機会はいましかないと匂わせる。

だがガイウスは口を閉ざしたまま、紺青の瞳にディアナを映すばかりだ。

そのまなざしの意味をはかりかね、ディアナはもどかしく身を乗りだした。

「わたしにできることがあればなんでもする」

「……そのお気持ちだけで充分です」

「なにもするなというのか？　でもこのままでは――」

「どうか」

ガイウスはディアナの訴えをさえぎった。

すべての力をふりしぼるように、乱れる息とともに続ける。

「どうかわたしのことはお捨て置きください。王女殿下にあらせられましては、いま一度ご自身のお立場をご自覚なさり、王太子殿下とともにこの難局を乗り越えていただくことが、わたしの唯一の望みです」

「……エリアスと？」

「いざというときは、誰よりもお力になってくださるはずです。いずれ危機が去りましたときには、ご姉弟(きょうだい)の絆はいっそう深く結びなおされていることでしょう」

　ディアナははっとする。つまりガイウスは、すでにアレクシア生存の証拠をつかんでいることを示唆(しさ)しているのではないか。だからいずれアレクシアが王宮にたどりつき、真の姉弟がふたたび手をとりあうその日まで、ディアナには危険な身代わりの境遇をなんとか耐え抜いてほしいのだと。

　ディアナは告げた。

「おまえの言葉、しかと心に刻もう」

扉越しに人の動きを感じ、急いてたたみかける。

「他に言い残したことはないか。誰か家族に伝えたいことでもいい」

しかしもはやガイウスは、力尽きたようにまぶたを閉じただけだった。

やつれきったその眼窩に、かすかな笑みがよぎる。

「……あなたに心からの感謝を」

ようやく聴き取れたささやきは、すでに遠いまなうらの夢に、届かぬ言葉を託しているかのようだった。

1

天馬の群れの駆(か)けるような秋晴れだった。

護送馬車の、ふさがれた窓から洩(も)れ射す光に、ガイウスは眼の痛みをこらえた。

自分がこの世を去る朝が、よりにもよって清々(すがすが)しい好天に恵まれるとは、気まぐれな神の皮肉か慈悲か、解釈に迷うところである。

「見納めの光景としては悪くないな」

そう独りごち、車壁に肩をあずける。ぞんざいな横揺れが傷に響くが、もうしばらくの辛抱だ。

汚れきった身体(からだ)はすでに清められ、まとっているのは粗末ながら清潔なシャツとホーズだ。昨日からはわずかながら食餌(しょくじ)も与えられ、なんとか介助なしに歩を進められるだけの力はありそうだ。

それは死にゆく者に対する恩情というより、あまりに憐(あわ)れみを誘う姿を衆目にさらしては、むしろ当局に対する反発を招きかねないという配慮ゆえだろう。

もとより罪人の公開処刑は、誰もが楽しめる格好の見世物だ。話題の興行を見逃すまいと、いそいそと芝居小屋にかけつけるのと変わらない。

とりわけ地位や身分に恵まれた者が、道を踏みはずして裁かれるさまは、庶民の鬱憤(うっぷん)を晴らすのに打ってつけだ。まさにそんな茶番劇が、これから仮設の舞台で演じられようとしているわけだ。

だからこそなにより重要なのは、効果的な演出だ。いかに観衆を満足させ、かつ為政者の威光をも印象づけるか。おかげで残虐(ざんぎゃく)きわまりない極刑——四つ裂きや内臓抉(えぐ)りや火炙(ひあぶ)り——だけは免(まぬが)れそうなのは幸いだった。

かつてはケンリック公も、謀反(むほん)を企(くわだ)てた大罪人でありながら、斬首(ざんしゅ)刑にて貴族の名誉を保たれたのだった。それは実弟に対するエルドレッド王の慈悲とされていたが、こうして自分が同じ目に遭ってみると、やはり反逆者の汚名を着せたことを隠蔽(いんぺい)するためだったのかもしれない。

極刑のあまりの激痛に耐えかね、正気をなくしてあることないこと喚(わめ)きだしたら、困るのは処刑台送りにした者たちのほうだ。

「もはや考えても詮無いことだが」

苦い笑いにゆがめた口の端がひりついた。

アレクシアの居処も、秘書官タウンゼントが残した言葉の意味もわからぬまま、結局は無駄死にだ。

だがこの死に意味がないわけではない。

もしもアレクシアが王都をめざしていれば、遅かれ早かれ自分の処刑を知ることになるだろう。その時点でなにかがおかしいと警戒してくれれば、グレンスターの策謀から遠ざけることができる。

それとももうすでに、王都にたどりついて身を潜めているのだろうか。

だとしたら——彼女ならば、興奮に目をぎらつかせた観衆をかきわけてでも、おのれの護衛官の死を見届けようとするのではないか。

もしもグレンスターの手の者の目にとまれば、命取りになる。

だが最期のとき、その姿を目に焼きつけて逝くことができたら。

そんな恐れと希望が芽生え、とうに麻痺していた心の臓がずきりと痛みだす。

不意打ちの動揺をなだめるまもなく、護送馬車の揺れがとまり、ガイウスは衛兵にうながされて石畳に降りたった。

そこは木組みの処刑台の裏手であった。きしむ首をめぐらせれば、予想どおりリール河沿いの円形広場が、仮設の舞台に早変わりしているようだ。

うしろ手に両手首を縛られたが、できうるかぎり毅然と階段をのぼりきる。

「――っ」

まぶしさに目が眩むと同時に、地鳴りのように群衆が沸いた。

さすがに息を呑んで立ちつくしたところを、すかさず左右からひきたてられ、死刑執行官の足許にひざまずかされる。

「その者――アンドルーズ侯爵家のガイウスに相違ないか」

「相違ございません」

頭越しにやりとりがかわされ、仰々しい罪状が読みあげられる。

「かつての武勲により騎士の称号を賜り、アレクシア王女殿下の身辺警護を担う栄誉にあずかりながら、デュランダル王家の信頼と恩恵に慢心し、なおかつ私腹を肥やさんがためにガーランド近海を跋扈する賊と共謀のうえ、王女殿下を死に至らしめることをもためらわぬ行為は、はなはだ冷酷無比にして悪逆非道。取り調べにおいても、悔恨の意は認められず……」

ガイウスはなかば聞き流しながら、かすむ両眼で貴賓席をうかがった。

そこにはやはり王族の姿はない。代わりに規定に則ってのことだろう、枢密院顧問官が幾人か立ち会っている。もちろん父とも長いつきあいのある面々で、いたたまれないように視線を逸らせるばかりだ。

心残りなのは、アンドルーズの家族が艱難を強いられるであろうことだが、いずれ父か弟の勲功によって汚名を雪ぐことはできるだろう。アンドルーズはそうして幾度も出世と失脚をくりかえしながら、困難のときを乗り越えてきた一族だ。

「……しかしながら長に亘り、卑劣なる暗殺者の兇刃をしりぞけ、一度となく王女殿下をお救いした功績を鑑み、ウィラード殿下のご恩情により罪一等を減じ、ここに国王陛下の枢密院顧問官の立ち会いのもと、斬首刑に処するものとする」

黒服の処刑人が斧を持ちあげ、手になじませるように握りなおす。

すかさず介添え役が、折りたたんだ布を手に近づいてきた。

「お目隠しを」

「必要ない」

ガイウスは言下にしりぞけ、あらためて群衆をながめやった。

嬉々として罵声を浴びせる者。怯えたように頬をこわばらせる者。果物を片手に笑いあう者。嘆かわしげにため息をつく者。その誰もが爛々と目を光らせ、本日の舞台の山場を待ちかまえている。

こみあげるおかしさに、ガイウスは口許をゆるめた。これだけの老若男女が集っているにもかかわらず、ただひとり求める者の姿だけがどこにもないとは。

だがそれでよかったのかもしれない。

ガイウスはついに身を伏せ、血の染みで黒ずんだ断頭台に首をのせた。視線の先に撒(ま)かれた藁(わら)束は、飛んだ首からどくどくと流れる血を吸いとるためだろう。そして刎(は)ねたばかりの首は、髪をつかんで高々と空に掲げられるのだ。

そんな光景を、あの美しい対の瞳がまのあたりにすることなど、あってはならない。

だからこれでよかったのだ。

そう信じられることにわずかな安らぎを得ながら、ガイウスは目を閉じる。

執行の刻(とき)を知らせる時鐘(じしょう)が、空のあちこちで高らかに鳴りだした。

うねる鐘の音が、どこまでも追いかけてくる。

力任せに耳をふさいでも、無情な刻がその流れをゆるめることはない。

次にあの鐘たちが不協和な哄笑(こうしょう)をあげたとき、ガイウスは首を刎ねられる。

そうと知りながらもはやなすすべはなく、ディアナは市街を臨(のぞ)む窓にすがりついた。

「ディアナ」

呼びかけにふりむくと、いつのまにかアシュレイが部屋をおとずれていた。

ディアナは身がまえる。ガイウスの投獄を知ってからというもの、アシュレイとの関係はぎこちないままだ。

直截な言葉を避けるように、アシュレイが伝える。

「ここからでは、状況はうかがえないはずだよ」

「……そんなことをわざわざ教えにきたの」

「きみをひとりにしておきたくなくて」

そのくちぶりが純粋にこちらの心情を気遣っているかのようで、ディアナはたまらず窓に向きなおった。

「あたしが自棄になって、馬鹿なことをしでかすかもしれないから？」

こんな態度はよくないとわかっていても、語気はしだいに荒く、喧嘩腰になるのをやめられない。

「なにもしないわよ。なにもできないもの。あたしになにができるっていうの？」

ディアナは自分の命と、自分の秘密を守る大勢の者たちの命を、まとめて盾にとられているも同然なのだ。あらためてそうと自覚して涙がにじむ。

「ディアナ。どうかそんなふうに考えないで」

アシュレイは嗚咽をこらえるディアナに寄り添うと、

「きみはすでに充分ぼくたちを救ってくれているし、唯一の希望でもあるのだから」

これ以上ないほどに優しい手つきで、つつみこむようにだきしめた。

そんなアシュレイも内心では、無礼でわがままな田舎娘のお守りを任されて、いい加減にうんざりしているはずだ。なのにどうしてこんなに巧（たく）みな、ディアナの心の壁を溶かすような演技ができるのだろう。

ディアナはたまらずアシュレイの腕をふりほどいた。

窓を背に対峙（たいじ）し、かぼそい声で問う。

「それでも次はあたしの番なの？」

「次？」

「ガイウスの次よ。彼と同じように、あたしのことも見捨てるの？」

「まさか。よりにもよって、きみを見捨てるはずがないじゃないか」

「もう嘘（うそ）はたくさんよ。アレクシア王女が戻ったら、あたしは用済みになるわ。そうしたら口封じに殺すつもりなんでしょう？」

「とんでもない」

とまどいもあらわに、アシュレイは否定する。

「いったいどうしてそんなことを？」

「ガイウスが忠告してくれたのよ」

ディアナはぶちまけてやった。

「あなたたちグレンスターにとっては、秘密ごとあたしを葬り去ってしまうのが、もっとも安全なんだって。だからガイウスのことも、あえて助けようとしなかったのよ」

アシュレイは絶句し、弱りきったように片手で額を支えた。

そのままゆるゆると首を横にふりながら、

「彼はなにもわかっていない」

「だとしてもあたしに嘘はつかないわ」

「だからって彼の邪推を鵜呑みにするのかい？　けれどきみがいくら信じたところで、彼がなにより優先して考えるのはアレクシアのことだ。きみじゃない」

そんなことはわかっている。ガイウスがラグレス城にかけつけてきたあの日から、自分が代役にすらなれないことを思い知らされたのだから。

ディアナはくちびるをかみしめた。

「ならあなたは違うっていうの？　昔は過保護なくらいに、アレクシア王女の面倒をみていたくせに」

「……昔っていつのことだい？」

アシュレイがめんくらったように訊きかえす。

「さあ。セラフィーナさまがまだ宮廷にいらしたころよ。王家に縁のある子どもたちで、よく遊んでいたそうじゃない」

「それは……父に命じられて」

「ならきっといまも同じね」

アシュレイは反駁しかけたものの、悄然と目を伏せる。

だがふたたびまなざしをあげたとき、その瞳には迷いをかなぐり捨てたような強い光が宿っていた。

「ねえ、ディアナ。こんなふうにきみと秘密を共有し、きみを支え続ける人生を、ぼくはもうずっと待っていた気がするんだ。以前きみが語ったように、誰にでも当たり役があるのだとしたら、いまこそぼくはそれをみつけたのではないかとね」

すべてのごまかしを剝ぎ取るような、毅然としたアシュレイの口調に、ディアナはなぜか怖気づく。彼がなにを告げようとしているのかわからない。だがそれがただならぬことである予感が、ディアナをたまらなく息苦しくさせた。

「きみはきっとアレクシア以上のアレクシアになれる。きみがその輝きで人々を魅了するさまを、ぼくは誰よりもそばで見届けたい。それがぼくの望みだ」

「王女の代役なら、もうとっくに――」

「ただの身代わりじゃない。きみはこれからの人生を、デュランダル王家のアレクシアとして生き遂げるんだ」

「……なんですって？」

「グレンスターが総力を尽くしていながら、いまだにアレクシアの足跡をつかめないからには、彼女の生存は絶望的だと考えざるをえない。ガイウス殿が、どんなわずかな希望にもすがりたい気持ちは理解できるけれど」

「あの子はもうこの世にいないっていうの？」

「アレクシアは王家の娘として、祖国ガーランドの繁栄を願っていたはずだ。だからきみがその遺志を継ぐんだ。それができるのはきみだけだ」

「遺志を……」

なじみのないその責務は、おもいがけずディアナの心を揺さぶった。これまで経験したことも意識したこともないような、自分自身をこの世に繋ぎとめる錨を、心の底めがけて投じられたように。

危うくその波に呑まれそうになって、ディアナは我にかえる。

「でも……そんなのってどうかしてるわ！　あたしにできっこないし、そもそも許されるはずがないもの」

「なぜ？」

「なぜって、あたりまえのことじゃない」

いたくまじめに問いかえされて、ディアナはひるんだ。

「あたしは名家の生まれですらない、両親が誰なのかもわからない孤児なんだから」

氏素姓も定かでない孤児が、王女に成り代わったまま生涯を全うするなんて、それこそ神をも恐れぬ所業というものだ。にもかかわらず、アシュレイはまるで意に介していないようで、そのさまがなおさらディアナを怯えさせる。

「誰なのかわからないということは、誰でもありうるということだよ」

「……どういうこと?」

アシュレイの奇妙なおちつきぶりが、じわじわとディアナを追いつめてゆく。

「きみはこれまでに、一度も疑いをおぼえたことはないのかい? デュランダル王家の娘と見紛うばかりのきみのその容姿が、いったい誰から受け継がれたものか」

澄んだ瞳が、まっすぐにこちらをみつめている。

グレンスター公とよく似た、明るい天色の瞳だ。

「ふたりに同じ血が流れていると考えるほうが、よほど自然なことではないかな」

「だけどあたしは」

ディアナはこくりと唾を呑みこんだ。

「あたしの両親は、ただの貧しい小作人で」

「流行り病により、相次いで亡くなられた。そして残された乳飲み子のきみは、同じような境遇の子どもたちとともに、近隣の修道院で育てられたのだったね」

「そうよ。ちゃんと教えてもらったわ」

「けれどきみはご両親の名を知っているかい？　生まれた村がどこにあるかは？　ご両親の知人が、誰か一度でもきみを気にかけてたずねてきたことは？」

「それは……」

どれもディアナの記憶にはないことばかりだ。

「きみはきみの出生について、本当に信じられる証拠を、なにひとつ持たないのではないのかい？」

「……やめて」

ディアナはたまらず耳をふさいだ。

記憶に沈んだ過去が、ひたひたと追いかけてくる。

自我が芽生えるまでの混沌。燃えさかる修道院。あの晩ディアナに襲いかかった盗賊はこう告げたのだ。

――この世に生まれてきたことを呪うがいい。

「ディアナ。ぼくたちグレンスターはずっときみを捜していた」

「やめて！」

なにも知りたくない。

ディアナは我知らずあとずさる。

その背が窓の枠木にぶつかり、ふいに支えが消えて足が浮いた。

ぐらりとかたむいた上体が、勢いのままに窓から放りだされる。

そうと気がついたときには、手遅れだった。

「――ディアナ！」

アシュレイが驚愕の声をあげる。

だがそれは本当に自分の名なのだろうか。

よぎる疑念とともに、ディアナの意識は、澄んだ秋空に吸いこまれていった。

3

鐘の余韻が去り、ガイウスはそのときがやってくるのを待った。

だが覚悟した衝撃は、いつまでたってもおとずれない。

それどころか、しだいに群衆がざわつきだした。

まさか処刑人が怖気づいたのだろうか。たとえ経験豊かな腕利きでも、衆人環視の重圧に耐えながら一発で首を落とすのは至難の業というが、こちらから叱咤激励するわけにもいかない。

眼下のざわめきは、いよいよどよめきの波となって、処刑台まで押しよせてきた。

我慢できずに視線をあげると、まるで画布をふたつに裂くように、うごめく老若男女が左右に飛びのき、ここまで一直線に延びた道を、二頭だての四輪馬車が砂埃を巻きあげながら疾走してくるのだった。

黒塗りの車体の横腹には、金の房飾りの垂れた獅子の旗章がはためいている。

誰もが知るデュランダル王家の紋章だ。

「宮廷からの使者だ」

「王族のおでましか？」

困惑と期待の入り混じったささやきが、そこここでかわされる。

まっしぐらにこちらをめざした馬車は、ほどなく処刑台の真正面に横づけされた。

灰がかった榛色の髪をした、凛々しい馭者の若者が、ひらりと地に降りたつ。そして固唾を呑む人々に、清廉な声を投げかけた。

「みな控えよ。アレクシア王女殿下のお成りである」

ガイウスは息をとめた。

アレクシア王女――ディアナがここに？　いったいなぜ？　誰の意向で？

ひたすら混乱に呑まれているうちに、車内からぴょんと小姓が飛びだしてきた。鳶色の髪をなでつけた小姓は、背格好からして宮廷にあがってまもないのだろう。きらびやかなお仕着せに身をつつみ、慣れぬ大舞台に緊張したような風情で、うやうやしく座席の人影に手をさしのべる。

その手に白い指先がかさねられ、鮮やかな緋(ひ)の袖(そで)が続き、まろやかな肩と、結いあげた金髪に霞(かすみ)のような紗(しゃ)をまとわせたうなじがあらわになるが、肝心のかんばせは伏せられていてよくうかがえない。

だが裾(すそ)をさばく流れるようなしぐさと、なによりあの凛然(りんぜん)としたたたずまいは、本当にディアナのものだろうか。

もしもディアナでないとしたら……それこそありえないことだ。

馭者にうながされた彼女は、処刑台の階段に足を向けた。病みあがりで、いまだ不安定なその足取りを支えるように、そばには影のように馭者の青年が控えている。

その様子からは、たとえ宮廷とは無縁の市民でも、王家に対する生まれながらの忠心を呼び覚まされずにいられないような、誇らしさと慈(いつく)しみが醸(かも)しだされていた。

いったいどこぞの貴族の子息が、急の護衛役に抜擢(ばってき)されたものか。精悍(せいかん)でいてほのかに甘い、堂々としたその姿に見憶(みおぼ)えすらないことに、ガイウスは心の臓の焼け焦(こ)げるような痛みをおぼえる。

「これはアレクシア王女殿下」

立ち会いの者たちが、一斉に腰をあげるさまが伝わってきた。

ガイウスは上体を伏せたまま、彼女の衣擦(きぬず)れにまで耳を澄ませる。

「まさか殿下おんみずからご臨席になられるとは、存じあげませんでした。内廷でご療養中であらせられると、うかがっておりましたものですから」

「はい。そのため恥ずかしながら、このような事態に立ち至るまで、状況を把握することもままなりませんでした。そこで正式な手順を省くかたちではありますが、手遅れにならぬようにと急ぎかけつけた次第です」

　ものやわらかでありながら、凛乎とした語りに、胸がふるえる。

　これは彼女の声だ。そうでしかありえない。だが――。

「礼を失したふるまいを、お許しいただけますか」

「それはもちろんでございます。ですがその……本当に一部始終を見届けられるおつもりですか？」

「そうではありません。わたしは刑執行のとりやめを告げにまいりました。ただちにこの者の解放を求めます」

「は……しかしおそれながら、王女殿下のご一存では……」

「この者にかけられた嫌疑について、デュランダル王家に対する反逆の企ては、まったくの事実無根により、王位継承順位二位であるわたし――王女アレクシアの名において恩赦を与えます」

「なんと」

「僭越ながら、罪人の処断における法的な権限は、ウィラード兄上の承諾よりもわたしの意向が勝ると、ご承知いただいているかと」

「さ、さようでございますね」

あからさまに気圧(けお)される執行官に、彼女は書状をさしだした。

「特赦状です。略式ではありますが、わたしの署名と免責理由の詳細がこちらに。どうぞご確認を」

「……拝見いたします」

執行官はあたふたと封印を破った。しばしの沈黙を挟み、ぎこちなくきりだす。

「ではこちらの護衛官殿は、王女殿下のご意向を拝察したうえで、内偵をしておられたというのですか？」

「そのとおりです。奇襲当夜の賊のふるまいから、わたしはその正体につながるわずかな手がかりを得たように感じましたが、残念ながらそれが初動捜査に活(い)かされることはありませんでした。それをわたし同様にもどかしく感じたこの者が、自発的に真相を追うべく単独行動に走ったというわけです」

当のガイウスには寝耳に水の——でっちあげでしかありえない裏事情を、彼女はよどみなく説明してのける。

「それが結果的にわたしとの連絡の手段を断たれたまま、潔白の証(あかし)もたてられずに死にゆこうとしていることが、今朝になってようやくわたしの知るところとなりまして」

「なるほど」

「すべての誤解は、この者の忠誠心が招いたこと。しかしながら主であるわたしに無断での先走った行動と、いたずらに世を騒がせた罪により、しばらくの謹慎を——つまり収獄の身を存分に養うよう命じるべきかと考えますが、ご同意いただけますか？」

「ふむ。たしかにそれが妥当なご厚情でございましょうね」

「ではこの者は、わたしが責任を持ってアンドルーズ邸に送り届けます」

すかさず馭者の青年がガイウスを立ちあがらせ、両手を縛める縄をほどいた。

「どうぞこちらに」

「……ああ」

うながされるままに、ガイウスはおぼつかない足で階段に向かう。

静まりかえっていた群衆が、ふたたびざわつきだした。

執行官があわてふためいて呼びとめる。

「お、お待ちを。市民にはどのように説明をすれば」

「それはみなさまの裁量にお任せいたします」

ガイウスの視界の隅で、彼女の裳裾がいたずらな少女のようにひるがえった。

「ですがこの者はわたしの忠臣です」

その声からは、甘やかな恫喝の香りが匂いたつ。

心地好いそよかぜが、迫る嵐の予感を含むように。

「どうかその点をお含みおきいただき、かつての救国の英雄の名をゆめゆめ貶めることのなきよう、ご配慮くださいますように」


走りだした馬車は、ほどなく恩赦の歓声につつまれた。

下手をすれば暴徒になりかねない群衆を、うまく誘導できたようだ。

だが手首をさするガイウスの向かいでは、彼女がふるえる両手に顔を埋めている。

「き……緊張した。帰りがけに呼びとめられたときは、もう終わりかと……」

「そうだったのか？　素人にしちゃあ、わりに堂々としてたじゃないか」

気安くねぎらう小姓の態度は、王女に対するものではない。しかし彼女は彼女でしかありえず、ガイウスの混乱は深まるばかりだ。

「一瞬でもひるんだら負けだと、念を押されていたから」

「リーランドの演技指導が効いたな。上出来上出来」

「あとであらためて礼をいわねば」

ひとつため息をつき、彼女はようやく顔をあげた。

潤んだ瞳に、かすかな笑みを灯してささやく。

「ガイウス。わたしがわかるか」

「姫さま……ですね」

我ながらまぬけな第一声だった。

はたして彼女はたまらないように噴きだした。

「そうだ。そうだとも。おまえがさんざん手を焼かされた、お転婆(てんば)な王女アレクシアだ。驚いたか？」

「……驚きました」

ガイウスは呆(ほう)けたようにくりかえすことしかできない。

そんな護衛官を、アレクシアは痛ましげにながめやった。

「ひどいやつれようだ。わたしもあれこれと大変な目に遭ったが、おまえの苦難にはとうてい及ばないだろう」

笑みを消したアレクシアが、つとガイウスの顔に片手をのばす。

その指先が頬にふれかけたとき、ガイウスはびくりと身を遠ざけた。

アレクシアは我にかえったように、指をこわばらせる。

「あ……すまない。痛んだか？」

「いえ……」

「……そうか」

膝におろした片手を、アレクシアはぎこちなく握りこんだ。

ガイウスはいたたまれなさを押しのけて問う。

「姫さまも少々お痩せになられましたか」

アレクシアはすぐに微笑を浮かべてみせた。

「ほんのいくらかだけだ。幸いわたしは、すばらしい助け手に恵まれたからな。ディアナの同僚たちが、わたしに協力してくれているんだ」

「ディアナとお会いになられたのですか？」

「……やはり彼女がわたしの代役を務めているのだな」

苦いアレクシアのつぶやきから、ガイウスは状況を察する。

「ではあの娘と入れ替わりを遂げたうえで、ここにいらしたわけではないのですね？」

「それはまだだ。なにしろグレンスターの叔父上が――」

「あなたの命を狙っています」

「知っている。おまえもすでに見破っていたか」

「それならなぜ！　そこまで把握していながら、なぜ王女としてのお姿を群衆に印象づけるような、危険なまねをなさったのです！」

たまらず声を荒らげると、アレクシアはわずかにひるんだ。

だがすぐさま負けじとガイウスをみつめかえし、

「決まっている。おまえを救うためだ」

迷いなき信念を宿した瞳で告げた。

「おまえを晴れて自由の身とするには、こうするしかなかった。王族の与えた恩赦は取り消せない慣例だ。王家の権威を貶めることになるからな。それに署名はわたしの手によるものだが、いくらか崩しておいたので、万が一ディアナが窮地に陥りそうなときは、義賊気取りの偽王女に騙されたのだと主張する余地もある。それでもこれだけの群衆を相手に無実の証しだてをした以上、おまえをふたたび罪に問うことはできないはずだ」

「誰が」

ガイウスはかすれる声を絞りだした。

「誰がそうしてくれと頼みましたか」

「え？」

「あなたの護衛官であるわたしが、主の身を危険にさらしてまで処刑を免れることを望んでいるとお考えなら、それはわたしに対する侮辱でしかありません」

「ガイウス」

アレクシアは怯えたように目をみはる。それから苦しげに視線をさまよわせた。

「だが、それでもわたしには、おまえを見殺しにすることなど、とても……」

「話になりませんね」

ガイウスは冷ややかに首を横にふった。

「そのような愚にもつかない理由で身を滅ぼそうとなさるとは、やはりあなたは王女にふさわしくない」

アレクシアが息を呑む。

ガイウスは足許に目を落とした。

「目先の情に流され、このような無謀な策に無辜の少年まで巻きこんで。これならディアナのほうが、よほどうまく王女を演じられる。ええ、すでに彼女はあなた以上に王女らしくふるまっていますよ」

「ガイウス……」

すがるように名を呼ぶ声が、かすかにふるえている。

だがガイウスはかたくなに、傷だらけの床板を凝視し続けた。

「あなたはもはや、ガーランド宮廷に必要のない人間だ。誰にも望まれておらず、いなくとも誰にも気づかれない。どうぞ身の丈にあわぬ宮廷には二度と戻らず、どこへなりとお好きなように生きればよろしい」

アレクシアは衣擦れひとつさせなかった。あまりに静かで、息をしているのかどうかさえ、定かではないくらいだった。

代わりに身を乗りだしたのは、小姓のなりをした少年だった。

「おい。ずいぶんふざけたこと抜かしてくれるじゃないか。勝手にディアナを宮廷なんかに連れこんで、閉じこめて、言うことを聞かせようとしてるくせに。とっととおれたちのディアナをかえしやがれ！」

あまりの口の利きかたに、こんな裏町の浮浪児めいた少年がアレクシアと行動をともにしていたのかと、めまいをおぼえたときだった。

おもむろに扉が開き、馭者の青年が顔をのぞかせた。馬車はいつのまにかひとけのない路地に停められ、彼の腕にはすでに外した旗章がかかえられている。見ればその縫い取りは妙にけばけばしく、おそらくは芝居の小道具かなにかなのだろう。

「お取りこみのところ悪いが、そろそろおれたちは退散させてもらいますよ。追っ手をかけられてはいないようですが、あまりもたもたしているとグレンスターの目にとまりそうでまずいですからね」

ガイウスは目をそむけて言い捨てる。

「……ならばすぐにも去るがいい」

「礼のひとつもなしとは、またずいぶんな態度ですね」

青年は眉をあげ、呆れたようにガイウスをながめおろした。

「それにあなたのお姫さまが王都のどこに身を隠しているか、訊いておかなくていいんですか？　おれたちはいまリール河南岸の——」

「必要ない」

心を殺すように、凪いだ声で青年をさえぎったのは、アレクシアだった。

紗を垂らした頭飾りをむしりとり、くたびれた朽葉の外套を広げて、すばやくその身をつつみこむ。

「伝えても意味のないことだ」

頭巾に隠れた横顔が、ガイウスの視界をよぎって消える。

おもいきり舌を突きだしてみせた少年も、続いて路地に飛び降りた。

青年だけはやや同情めいたまなざしながら、

「そういうことなので、あとの処理はお好きなように。しばらくはアンドルーズのお屋敷にひきこもって、療養に励まれたらどうです？　この季節に窓を開いて寝ていれば、じきにその頭も冷えるでしょうよ」

辛辣な忠告をくれて身をひるがえす。

「そうそう。気が向いたら、寝室の窓に花でも飾っておくといいですよ。夜更けに迷い鳩が舞いこんで、退屈しのぎになるかもしれませんから」

「……迷い鳩？」

つぶやいたガイウスは、遅ればせながらその意味を察して、腰を浮かせる。

しかしそのときにはもう、彼女たちの姿ははばたく鳥の群れのように、狭い路地から消え去っていた。

ひとり放心するガイウスに、涼やかな陽光がふりそそぐ。

晴れあがった空の底に、どこまでも沈みこんでいく気がした。

死んだほうがましな気分だった。

寝台に仰臥(ぎょうが)したアシュレイは、いまだ身動きひとつしない。

あのおだやかな天色の瞳に、このまま二度と光が宿らなかったら。

ディアナは恐怖に崩れ落ちるように、アシュレイの枕許にひざまずいた。

「アシュレイ。アシュレイ。お願いだから死なないで」

「ディアナさま。どうぞお気を鎮(しず)めてお待ちくださいますように」

動揺するディアナをなだめるのは、グレンスター家の侍医シェリダンである。

「奇跡的にも若さまのお怪我(けが)は、命にかかわるほど重篤(じゅうとく)なものではございません。折れた肋骨(ろっこつ)は、このまま包帯で固定していればじきにつながりますし、出血も枝で膚(はだ)が裂かれたものですから、ご印象ほど深い傷ではございません」

「それならどうして目を覚まさないの？」

「おそらく転落の衝撃で、頭蓋に護られた脳が強く揺さぶられたためでしょう。しかしながらひどい腫れはうかがえず、呼吸も安定しておられますので、意識喪失は一時的なもののはずです」

シェリダン師の所見はいかにも冷静で、ディアナをおちつかせるために嘘をついているようではなかった。

力なく垂れたアシュレイの手を、ディアナはすがるように握りしめた。

「本当にごめんなさい。あたしのせいでこんなことになるなんて」

あのとき——三階の窓から放りだされたディアナの片腕を、アシュレイはなんとかつかんだものの、勢いに抗いきれず、ディアナともども転落した。しかしアシュレイはとっさにディアナを胸にだきこみ、みずからの背を楯にすることで、無防備な彼女が受ける衝撃をやわらげようとしたのだ。

幸いなことに、墜落したのは宮殿の外壁に沿った柘植の植えこみだった。砕けた垣根から投げだされた地面も、やわらかな芝生に覆われていたため、ディアナはほんのいっとき気が遠のいただけでほぼ無傷である。だがアシュレイは意識をなくしたままで、鋭い枝先でざっくりと裂かれた額と腕からどくどくと血が流れでていた。

異変を察した衛兵たちによって、アシュレイは一階の空き部屋に移され、すぐにシェリダン師やヴァーノン夫人らもかけつけて治療がほどこされた。血に汚れたシャツは切り裂かれ、胸や額に巻かれた白い包帯がひどく痛々しい。

「どうしてよ。どうしてあたしなんかのために……」

一秒の半分にも満たない、またたくまの判断だったはずだ。自力ではディアナを支えきれないと悟ったところで、腕を放すこともできただろうに。

それでも身を挺して庇おうとしたのは、自分がただの代役ではないからか。あるいは自分に対する好意ゆえなのか。

どちらにしても、とうてい受けとめられそうにないと、泣きたい気分で額に両手を押しつけたときである。

その手につつみこんでいたアシュレイの指先が、かすかに動いた。

「アシュレイ。あたしがわかる?」

すかさず呼びかけると、アシュレイはゆらりとまぶたをあげた。払暁のように淡いまなざしが、しばしたゆたい、やがてディアナの姿をとらえる。

「……ディアナ?」

「そう。あたしよ!」

「これはいったい……」

首をもたげようとして、痛みにうめいたアシュレイを、急いで押しとどめる。

「動いちゃだめよ。あたしの下敷きになったせいで、肋骨が二本も折れてるんだから」

「きみの？　ごめん……なにがあったのかよく……」

アシュレイは朦朧と視線をさまよわせる。

とまどうディアナにシェリダン師が耳打ちした。

「こうした怪我で事故のまぎわの記憶が失われるのは、よくみられる症状です。どうかあまり刺激なさらずに」

では事故の原因になったあのやりとりも、いまはかきまわされた記憶の砂塵にまぎれてしまっているのか。

ディアナはアシュレイに向きなおり、なんとかさしつかえのない言葉を選んだ。

「あたしがよろめいて、窓から落ちかけたのを助けようとして、あなたも道連れになったのよ」

「きみに怪我は？」

「ないわ。あなたが庇ってくれたおかげでね」

「……よかった」

アシュレイは安堵の息をつき、しみじみとディアナをみつめてほのかに笑んだ。

「なに？」

「髪に葉がついているよ」

「あ」

一歩まちがえれば命を落としていたかもしれないというのに、こんなふうにからかってみせるなんて。ディアナはとてもアシュレイを直視できず、葉を払い落とそうとする手でなんとか目許を隠した。

シェリダン師があらためて容態を確認すると、吐き気はないものの、軽いめまいと頭痛は残っているようで、受け答えもどこかぼんやりしている。

「やはり半月は安静にすごされるのがご賢明でしょう」

「ディアナの護衛は務まりませんか？」

「予期せぬ敵に備えるという意味では、難しいかと。日をおかずに二度めの衝撃を受けることが命取りともなり得ますゆえ、早い復帰のためにはしばらくご養生に専念されるのがなによりかと」

「そうですか……」

アシュレイは気落ちしたまなざしをディアナに移した。

「ごめん。かならずきみを護ると約束したのに」

「なに言ってるの。いま護ってくれたばかりじゃない」

ディアナはなんとか声のふるえを抑えこみ、

「しっかり休んで、早く元気になって」

祈りをこめてささやくと、アシュレイはうなずくように目をつむり、じきに意識をつなぎとめる努力を手放したようだった。

ディアナはそっと寝台を離れ、天蓋から垂れ絹をおろした。

「グレンスター公には、もうこのことを？」

ディアナが問うと、シェリダン師はうなずいた。

「すでに遣いを走らせておりますので、手が空きしだいお越しになるかと」

「アシュレイは内廷をでることになるんでしょうか」

「おそらくは。ご療養の身となられた若さまが、あえて内廷に留まられる理由はございませんから」

「そうですね……」

ならばまたガイウスの代わりとして、次なる護衛がつくことになるのだろうか。

ぼんやりと考えたディアナは、次の刹那、弾かれるように窓をふりむいた。

「ガイウス」

反逆者の処刑がとどこおりなく完遂されたあかつきには、それを知らせる号砲が鳴らされるというが、事故に動転してからは時鐘すら耳にしたおぼえがない。しかしアシュレイと諍いになってから、もうかなり経っている。

ディアナが声にならない悲鳴をあげかけたそのとき、廊の向こうから荒ぶる足音が近づき、扉を破る勢いでグレンスター公が踏みこんできた。

「この騒ぎはどうしたことだ」

怒気を孕んだ問いに、ディアナは身をすくめる。それでもアシュレイが咎を負わされてはたまらないと、けんめいに弁解した。

「あたしの不注意なんです。アシュレイはとっさにあたしを助けようとして――」

「ともに窓から落ちたというのか」

「そうです」

「よもや王宮からの脱走を企てたのではあるまいな?」

「脱走?」

とんでもない疑念に、ディアナは当惑させられる。

「まさか。ひとりで外廷をうろつくだけでも怪しまれる身分なのに、大勢いる衛兵の目を盗んで逃げだすなんて、できるわけありません」

「逃げるためではない。処刑をとめるためだ」

「……え?」

「その様子だと、やはりおまえではないようだな」

「あの、どういうことですか?」

「彼の者の斬首刑は執行されていない」

グレンスター公は剣呑な瞳のまま告げた。

一拍おいて、ディアナは目をみはる。

「延期になったんですか？」

「王女が恩赦を与えた。事実上の放免だ」

「恩赦」

「アレクシア王女がみずから処刑台にのぼり、執行官に特赦状を手渡したそうだ」

その説明を脳裡(のうり)で絵にしてみてようやく、不可解な疑惑をかけられた理由が呑みこめてくる。

「それあたしじゃありません！」

「わかっている。もしやと考えただけだ」

「でも、それならアレクシア王女は、もう王都にいるんですか？」

だとしたらなぜ、いまだにグレンスターを頼ろうとしないのだろう。

「あるいは義賊気取りで、アレクシアを騙(かた)ってのけた偽者があらわれたかだな」

「でもそんなに簡単に騙されます？」

「おまえがそれを言うのか？」

「……そうでした」

「ともかく後処理はこちらでなんとかする。アシュレイはしばらく使いものにならぬようだし、そなたはわたしが許すまで居室にこもっていろ。こうなったからには、転落騒ぎに乗じて王女が王宮を脱けだしたと誤解させるのも手かもしれん」

「ガイウスを助けるために、あたしがかけつけたことにするんですか？」

「そなたの素姓に疑いがかかるよりましだろう」

たしかにそうだ。そのアレクシアが何者にしろ、誰もに王女だと信じさせたのだ。それが自分ではないと主張すれば、こちらのほうが偽者ということになる。

グレンスター公の意を汲み、ヴァーノン夫人がディアナの背に手を添える。

「さあ。若さまのことは殿にお任せして、上階にまいりましょう」

ディアナはうなずき、よろめくように部屋をあとにした。

たびかさなる動揺で、ともすれば足がもつれそうになる。それでもなんとか階段をのぼりきり、居室に向かっていると、ふたりを追うように足音が近づいてきた。

グレンスター公だろうかとふりむきかけたところで、だがディアナはその歩みの主に気がつき凍りつく。

「やってくれたな」

追い越しざまに耳許でささやき、ウィラードは廊の先に消えた。

つまりはそういうことなのだ。ウィラードが認めた処刑を、妹王女が取り消したということは、ディアナのほうが正統な王位継承者として、より尊ばれる存在であると主張したに等しい。

しかもそれを、広く民衆にも知らしめるかたちで、やってのけた。

ウィラードにしてみれば、宣戦布告を受けたも同然の挑発であろう。

ディアナははからずも、ウィラードに向けて剣を抜いた身となったのだ。

死んだほうがましな気分だった。

ガイウスは寝台に仰臥し、片腕を目許に押しあてた。

それでも去りぎわにかいまみた彼女の横顔が、まなうらから消えてくれない。

もはやその姿を目に焼きつけることもかなわぬはずのアレクシアが、降臨した戦乙女（いくさおとめ）のごとく、いとも鮮やかな手並みで自分を救ってのけたというのに、あのような非難をぶつけて突き放すなど、我ながら許しがたいふるまいだ。

だがあのときはとめられなかった。

たかが護衛官ひとりのために、かけがえのない命を危険にさらすことも辞さない彼女の決断が、ガイウスを戦慄（せんりつ）させたのだ。

溺（おぼ）れるような愛（いと）おしさと、陶然（とうぜん）たる歓喜と、それらをはるかに凌駕（りようが）する恐れが、衰弱（すいじやく）しきった心身をかけめぐり、自制の糸がほとんど焼き切れかけていた。

アレクシアのたぐいまれな高潔さも、まっすぐな情愛も、強靭な意志も、現在の宮廷では、彼女の身を滅ぼす弱みになりかねない。

だからとっさに宮廷から遠ざけることしか考えられなかった。

しかしそのために、もっとも彼女を傷つける言葉をぶつけるとは。

生まれながらに人生を定められ、それでも望まれる姿に身を添わせることだけを、おのれの価値とみなしてきたのだろうアレクシアに、もはや必要ないと告げるとは、存在そのものを否定するも同然だ。

それでいて、あふれでる言葉はいつしか、知らぬまに芽生えていたガイウスの真の願いを伝えているようだった。

どこへなりと去り、好きなように生きればいい。

いまこそ王女の軛を捨てて、美しく健やかなひとりの娘として、自由に幸せを追い求めればいい。

そんなものは、アレクシアの心の拠りどころを無視した、無責任な夢物語にすぎない。

それでもアレクシアなら、ローレンシアの冷酷非情な王太子に嫁ぐよりもよほど充実した一生を、自力でつかむことができるのではないか。

ついそんな期待を馳せてしまうほど、久しぶりに相まみえた彼女は、まばゆいばかりの生のきらめきに満ちていた。

これまで暗室の奥で無理やりに眠らせてきた魂が、外界の光を浴び、みずから花咲こうとしているかのように。ガイウスの知らない、身分も齢も離れた男たちといとも親しげにつきあって――。

「そうか。つまりわたしは嫉妬したわけだな」

忠臣としての誠意の奥から顔をのぞかせた、子どもじみた悋気を認め、ガイウスはますます死にたくなる。

いっそこのまま、腐れた魂とともに、傷だらけの肉体も滅びてしまえばいい。せっかく救われた命にもかかわらず、ともすればそんな投げやりに走りたがる軟弱さを笑い飛ばすように、だが若く頑丈な身体はしぶとかった。

あれから馬車を捨ててなんとかアンドルーズ邸までたどりつき、死人が甦ったかのように大騒ぎする家の者をなだめたところで、なけなしの気力体力も尽きたのか、ガイウスはついに昏倒した――らしい。

それからしばらくは高熱をだして夢うつつをさまよい続けたが、五日めの夜も更けつつある現在は、骨の髄まで膿み崩れるような痛みも、徐々に治まってきていた。

もっとも子ども時代からのなじみの医師には、床払いまで最低でも半月は療養に専念せよと厳命されている。おかげで家族や友人からの質問攻めを免れたのは幸いだが、いつまでも無為にすごしてはいられない。

もどかしさを孕んだ吐息とともに、ガイウスは上体を枕にもたせかけた。

張りだし窓には、昨夜から赤い雛罌粟の花が飾られている。ガイウスの寝室は屋敷裏の二階だが、その気になれば街路から煉瓦塀を越え、ここまでたどりつくことは難しくないだろう。

はたしてかすかに窓がきしみ、黒い影がするりと滑りこんできた。

ほのかな月明かりに浮かびあがるのは、やはりあの馭者役の青年である。

気まぐれに抜いた一本の花をもてあそびながら、壁際の寝台に近づいてくる。しなやかな身のこなしには余裕があり、夜陰に乗じて貴族の屋敷に忍びこむという状況を、楽しんですらいるようだ。

「これはあえてですか？」

どこかからかいを含んだ問いに、ガイウスはとまどう。

「なんのことだ？」

「雛罌粟の花ですよ」

「おまえが符牒として飾るよう、指示したのだろう」

「おれが訊いたのは、わざわざこの花を選んだのかってことです。雛罌粟は荒れた土地に咲く花でしょう。兵士の骸が折りかさなる激戦の地が、じきに赤い雛罌粟の原に変貌することもままあるそうじゃないですか。〝見よ、あまたの戦士の血潮を啜り、かくも穢れた地をふたたび紅に染める、禍々しくも美しい花群を。かの手向けは神の慰撫か、然らずんば悪魔の哄笑か――〟とね」

滔々と朗じてみせたのは、なにかの芝居の台詞らしい。

ガイウスは口の端を自嘲にゆがめた。

「なるほど。屍同然のわたしには似あいというわけか。あいにくこうして生き永らえてはいるが」

「しかし魂の深手は、いまだ癒えぬままでしょう？　だからほら、破れた心から流れる血を吸って、雛罌粟がこんなにも赤くなった」

青年は断りもなく寝台の端に腰かけ、芝居がかったうやうやしさで花をさしだす。

こちらの鬱屈を見透かしたようなまなざしが不愉快で、ガイウスは花を無視して問いただした。

「おまえは何者だ？　ディアナの同僚というのは本当なのか？」

「そうですよ。アーデンは《白鳥座》で、舞台にたちながら、戯曲も手がけていました。どうぞよろしくお見知りおきを」

「するとおまえがリーランドか？」

「お。ディアナから聞いていましたか」

「たしか顔と勘と口先だけで世を渡ってきたような男だと」

「ああ……うん。たしかにあいつの言いそうなことだ」

リーランドはやれやれと、癖のない榛色の髪に手をさしいれる。だが伸びかけの前髪からのぞく薄灰の瞳は、存外にやわらかな光を宿しているようだった。

ともあれガイウスは伝えた。

「ディアナなら、おそらくいまも息災のはずだ」

「拉致監禁も同然の身にしては、喜ばしいことですね」

「グレンスターの者が、そばで目を光らせているからな」

かわす言葉は、おのずと皮肉まじりになる。おたがいに完全なる敵同士というわけではないものの、状況が状況だ。

「その目なら、この屋敷にも張りついているようですよ。幸い人数は多くないので、潜入には困りませんでしたが」

ガイウスは苦くうなずいた。

「わたしは迂闊にも、フォートマスの町まで尾行られた。おかげで彼奴らにまんまと捕縛され、このありさまだ」

「フォートマス？　ならひょっとして《黒百合の館》まで出向いたんですか？」

「では王女殿下の逃亡に手を貸した客というのは、おまえのことか」

穴だらけの情報を埋めあううちに、アレクシアとディアナ——ふたりの少女をとりまく事件の様相が、ようやく浮かびあがってくる。

とりわけアレクシアが娼館（しょうかん）から助けだされたくだりの数奇なめぐりあわせに、ガイウスは戦慄を孕んだ感慨をおぼえずにはいられなかった。一度めの逃亡に失敗したという彼女が、その身を穢されずに苦界を脱けだせたのは、ほとんど奇跡に等しい。

「おまえにはいくら感謝してもたりないわけだな」

ガイウスが殊勝なまなざしをあげると、リーランドはあえて謝意をかわすように、肩をすくめた。

「礼には及びませんよ。おれとしては、ディアナのためにしたことですからね。あなたがディアナのそばについていたのも、同じ理由でしょう?」

「……そうだな」

おたがいに譲れない一線はある。

あくまで狎（な）れあいは拒否するその姿勢に、ガイウスはむしろ好感を持った。

自分が執念でもってアレクシアの足跡を追い続けたのと同様に、この男はこの男なりにディアナの身を案じ、ここまでたどりついたわけだ。

……並べて語るのも癪（しゃく）だが。

ガイウスがいたたまれないような、腹だたしいような気分をもてあましていると、リーランドは一転してほがらかな声をあげた。

「でもまあ、こと今回の作戦については、おれも王女殿下の心意気に負かされましたね」

「心意気？」

「なんとしてもあなたを救いだそうという信念ですよ。おれは反対したんです。気持ちはわかるが、それで殿下の身を危険にさらしては、取りかえしのつかないことになる。もちろんディアナにとってもね。なにしろ王宮から処刑台に向かう護送馬車を襲って、あなたを奪還したらどうかなんて言いだすんですから」

ガイウスは目を剝いた。

「それは無謀だ。呼子で応援を呼ばれたら、すぐに逃げ道をなくして捕らえられる」

「でしょう？」

物騒な話題らしからぬ陽気さで、リーランドはからからと笑った。

「だがそれしきのことで諦める殿下ではなかった。しばらくしたら、強奪以上にとんでもない奇策を捻りだしてきたわけです」

「王女として群衆に恩赦を知らしめ、わたしを放免の身とする――か」

「ええ。もしグレンスターの者が潜んでいても、自分には手をだせない。正真正銘の王女の装束に身をつつんでいれば、それがディアナか自分か区別がつかないはずだからというんです。みごとに一本取られましたよ。処刑が衆人環視であることを、逆手にとってみせるとはね」

アレクシアの行動はあまりに無防備にみえたが、それでいて王女としての姿があまたの視線にさらされていることこそが、むしろ身を護る楯になっていたのだ。

「それでも承諾しかねるというなら、もはや単騎でかけつけるのみ。自分にもしものことがあっても、おれたちの情報は決して洩らさないから安心してほしいとまで言い残されたら、折れずにいられないでしょう？　ひとりきりで敵陣に送りだしたら、もはや男が廃るというものですよ」

現在の三人が身を寄せている《天空座》には、宮廷の使者を装うのにおあつらえ向きの衣装もそろっているし、王家の紋章を模した舞台用の旗もある。幸い馭者役のリーランドも小姓役のノアも演技ならお手のものなので、あとは特赦状の偽造に数日を要しただけで、準備はととのったという。

「それにしても興味深いですね。あのいかにも身を弁えた、聡明そうなお姫さまが、あなたのことになるなり、すっかり冷静さをなくされるとは。彼女にとっては、あなたにそれだけの価値があるわけだ」

「それは……」

ガイウスはくちごもり、顔をうつむけた。

きっとそうではないのだ。アレクシアにとっての自分が、とりわけ目をかけるべき存在であったとしても、それは代わりに情をかたむけられるだけの相手がいないからだろう。

もとより選択肢が与えられていないのでは、真実かけがえのない存在とはいえない。

「惚れなおしましたか？」

「——は？」

下世話な問いかけに、ガイウスはたじろぐ。

「おれにまで隠すことはないですよ」

「おまえにもなにも、わたしは——」

「だったらなぜ、彼女にふれられることを拒んだんです？　ノアから聞きましたよ」

ガイウスはぎくりとする。やつれた護衛官を案じるように、アレクシアがこちらに手をさしのべたとき、とっさにそのぬくもりから逃げずにはいられなかった。

「よほど不快でしたか？」

「違う！」

ガイウスはたまらず声を荒らげ、片手に顔を埋める。

「そうではない。わたしはただ……悟られることを恐れたんだ」

ゆるんだ心の防壁が破れてしまえば、きっとあふれでるものをとめられない。そうして許されない想いを知られたら、なにもかも終わりだ。六年かけて築きあげた信頼を、アレクシアから奪うことにもなる。その焦りに衝かれるまま、結局は心にもない非難で彼女を追いつめることしかできなかった。

「そうでしょうね」

同情とも呆れともつかぬ顔つきで、リーランドは嘆息する。

「素人芝居なりに効果はあったようですが、正直なところあなたの私情にふりまわされるのはおもしろくありません」

ガイウスははっとして顔をあげた。

リーランドは冷ややかに続ける。

「あなたの目的は、できうるかぎり王女殿下を宮廷から遠ざけることだ。ああでも言わなければ、彼女は一刻も早くディアナと入れ替わる方法を模索するでしょうからね。つまりそれだけアレクシア王女にとって危険な宮廷に、あなたはディアナを囮として留めようとしているわけだ」

ガイウスは反駁しなかった。まさにそのとおりだったからだ。

グレンスター一党が守護しているかぎり、ディアナは安全だという主張は詭弁にすぎない。偽の王女である彼女の存在そのものが、わずかな火花で死に至る、導火線つきの火薬玉のようなものなのだから。

張りつめた沈黙に、リーランドが問いを投じる。

「宮廷でいったいなにが始まろうとしているんです？」

「……もうとっくに始まっている。ウィラード殿下が玉座を狙いにかかっているんだ」

覚悟を決めて打ち明けると、リーランドはとまどうように首をかしげた。

「アレクシア王女の異母兄のですか？」

「そうだ。グレンスターはその野心を利用して、ディアナを女王にするための障害を排除しようとしている。ローレンシア行きの艦隊を襲わせたのも、王女殿下を亡き者にするというグレンスターの思惑が、裏にあってのことだ」

「その混乱に乗じて、彼女たちを入れ替えるために？」

「ああ」

「やっぱりな」

あくまで飄々（ひょうひょう）としていたリーランドの瞳に、抑えきれない怒りがひらめく。

「そんないかれた陰謀のために、なにも知らない《白鳥座》の連中まで巻きこみやがって！」

ガイウスはかける言葉もなく目を伏せた。

「ディアナはまだその事実を知らないはずだ」

「グレンスター一党が、このままあいつをアレクシア王女に成り代わらせるつもりでいることもですか？」

「おそらくはな。時機を見計らって伝えるつもりなのだろう」

「そのときにはもう、退路は巧妙に塞（ふさ）がれているってわけですね」

「王女殿下の死が決定的となれば、ディアナも説得に応じると考えているのだろう」

あのグレンスター家の若造に、まんまとほだされているようだし……とまでは言わないでおく。しかしながらグレンスター公も、息子にディアナを口説かせるとは、えげつない手を使うものだ。

「しかしいくら演技にやりがいを感じるあいつでも、そこまで身のほど知らずとは思えませんがね」

「……いや。グレンスターには、あの娘をその気にさせるための、決定的な切り札があるのかもしれない」

王宮の地下牢で、グレンスターの秘書官にその秘密をほのめかされてからというもの、不穏な疑惑は宙吊りのまま、ガイウスの身の裡で揺れ続けていた。

グレンスターの罪の告発をためらわせるこけおどしとも取れるが、タウンゼントはあの時点でこちらの無力を確信していたはずである。

おそらくそれこそが、グレンスターがディアナに執着する最大にして唯一の理由だ。

黙りこんだガイウスに、リーランドが目をくれた。

「あいつの生まれについてですか」

「おまえ……」

ガイウスは息を呑み、身を乗りだす勢いで問いつめる。

「なぜそのことを？　出生のことで、ディアナからなにか聞いているのか？」

「直截そういう話をしたわけじゃありませんよ。ただ……あいつは昔から火の扱いに敏感なところがあって、それが幼いころに修道院を焼けだされて、命からがら逃げだした生いたちが影響しているらしいんですよ」

　ガイウスはますます驚く。

「それは初耳だ。親の名も顔も知らない孤児だとは聞いていたが」

「七歳まで育った田舎の修道院が、盗賊の夜襲を受けたそうです。逃げまどう子どもたちも容赦（ようしゃ）なく斬（き）り捨てながら、火をかけてまわったとか。ディアナはおそらく自分が唯一の生き残りだろうと」

　王都の貧民窟（くつ）での少女時代だけでも、充分に過酷なものと察せられるのに、そのような凄惨（せいさん）な過去をも背負っていたとは。

　ガイウスは啞然（あぜん）としながら、

「名のある修道院での事件だったのか？」

「詳しくは知りませんが、主に近隣の村落の孤児を養育する、いかにも鄙（ひな）びた施設だったようですよ」

「……それは妙だな」

　宝物の収奪は難しいと予想がついていながら、あえて住人を皆殺しにする理由があるとすれば、当座の住み処や食糧を確保することだろうが、肝心の家屋を焼き払っているのが腑に落ちない。

リーランドは声をひそめ、

「残忍な盗賊どもの、気まぐれな狩りの犠牲になったとディアナは考えているようでしたし、おれもそこまで気にとめてはいませんでした。今度のことがあるまではね」

不吉なひとことを、鋭い楔のように打ちこんだ。

ガイウスはなんとか踏みとどまるように問いかえす。

「盗賊の真の標的は、ディアナひとりだったのかもしれないと?」

「あるいは、その痕跡すら消し去るための殺戮だったのか」

「……似ているな」

もはや説明も問いも必要とはしなかった。今回の《白鳥座》の悲劇は、かつて修道院を見舞ったそれをくりかえすようである。

ガイウスは顎に片手をあてて考えこむ。

「しかしグレンスターは、そのディアナを庇護している……ということは、修道院に刺客をさしむけたのはまた別口か」

「いずれにしろあいつは、おれたちの記憶に留められることすら許されないらしい」

存在してはならない、もうひとりのアレクシアのような娘。

　この世に生まれ落ちたそのときから、代役であることを定められたかのようなその運命を、グレンスターは覆そうとしているのだろうか。

「焼け落ちた修道院の名はわからないのか？」

「あいにく西の辺境としか」

「西か」

きな臭い。ガーランド西部のオルディス地方は気候が穏やかな土地ではあるが、ガーランド領内においては、大陸との海峡に近い南東部に比べて、人口も産業も劣るというのが実情だ。それだけに中央の目が行き届きにくい土地柄ともいえる。

「調べはつきそうですか？」

　ガイウスはしばし黙考し、うなずいた。

「王都にある聖教会の本部になら、なにかしら記録が残っているかもしれない。所在さえつかめれば、跡地に飛んで情報収集をするという手もある。十年まえの事件なら、近隣の住人の記憶もまだ風化しきってはいないだろうからな」

「その身体で旅にでるつもりですか？」

　そこまでさせるつもりはなかったのか、リーランドは驚いた様子である。

「ちょうどよい機会だ。わたしは謹慎の身で王宮にはしばらく顔をだせないから、王都を留守にしても怪しまれない」

「グレンスターには怪しまれるんじゃ？」

「うまくやるし、いざとなれば迎え撃つまでだ」

次こそ相討ちになろうとかまわない。アレクシアを弑するつもりでいるグレンスターの手先なら、もはやガイウスにとって排除するべき敵でしかない。

「恋する男は恐れ知らずというわけですか」

茶化すくちぶりには取りあわず、

「一度は死んだも同然の命だ。いまさら惜しむつもりはない」

気負うでもなく吐露すると、リーランドはこれみよがしにため息をついた。

「まったく、これだから武官というやつは。おれはつくづく王女殿下に同情しますね。身勝手な護衛官を持たれて、本当にお気の毒だ」

「なにを――」

不躾な物言いに気色ばむが、リーランドはひるみもしなかった。

「あなたはそれで本望かもしれませんが、残された者の気持ちはどうなります？　危険を冒してまで救いだした命なんですから、大切にしてもらいたいものですが」

ガイウスははっとする。たしかに命を落としてもかまわないとは、いかにも軽率な発言だった。アレクシアに対してはもちろんのこと、無謀ともいえる作戦に力を貸したふたりに対しても。

「……おまえに説教をされるとはな」

「愛ある助言ですよ」

「愛だと？」

おもわず身をひくと、よほど気色悪そうな表情をしていたのだろう、リーランドはたちまち噴きだした。そのままくつくつと笑い続けながら、

「臣の美徳に殉（じゅん）じるのも結構ですが、あまり悠長なことをしていると横からさらわれますよ？　たとえばこのおれのような、魅力的な新参者にね」

「貴様……」

ガイウスは半眼になり、枕の裏に忍ばせておいた短剣をひきだした。

「よもや初心（うぶ）な姫さまを誑（たぶら）かしているのではないだろうな？」

「いやいやまさか、冗談ですって。そもそもあのお姫さまが、おれみたいな浮（うわ）ついた役者ごときによろめくはずがないじゃありませんか」

「わからん」

「そこはわかりましょうって。あなたこそ、お慕いする王女殿下にディアナがそっくりだからって、慰（なぐさ）みに手をだしたりしてないでしょうね」

「は」

「いま鼻で笑いました？」

それはそれでなにやら不満げなリーランドである。

ガイウスは苦笑した。

「ディアナを蔑んでいるわけではない。いくら姿が似ていても、代用として扱う気にはなれないというだけで、あれはあれで大いに見所のある娘だと思う。度胸があって、責任感も強い。もちろん演技の才にはわたしも感服させられた。過酷な幼少期を乗り越え、精進をかさねてきたのなら、なおさら感服に値する」

率直に伝えると、リーランドはこそばゆそうに口許をゆるめ、手にしたままの雛罌粟に目を落とした。

「あいつもあいつなりに、覗いちゃならない過去の匂いを感じとっていたのかもしれませんね。そのせいか、あいつには心の底から安心できる拠りどころがないんですよ。いつもどこか飢えていて、それを別人になることで埋めようとしているみたいに、役作りにのめりこむ。その気迫が、あいつの演技をより輝かせているようで、おれはそこにどうしようもなく惹きつけられるんです」

そう語るリーランドは、いつしか真顔になっていた。

ガイウスは興味深く耳をかたむけ、

「それはおまえにも共感のできる切実さなのか」

「かもしれませんね」

片頰にあいまいな笑みを浮かべて、リーランドははぐらかす。その理由が気にならないではなかったが、ここで尋問めいた追及をするつもりもなかった。

「そこまでディアナを理解して、惚れこんでいるのなら、おまえこそそうとわかるように接したらよかったのではないか？　ディアナの話を聞くかぎり、おまえのことはとりたてて意識していない……どころかむしろ印象は悪そう……」

「いまあえてそれを言います？」

リーランドはひそめた声で咬みついた。

「我慢して手をださずにいたんですよ。相手はまだ子どもなんですから」

「口先ばかりの臆病者め」

「この世で誰よりあなたに言われたくない科白ですね」

「おまえは――」

ガイウスは間髪をいれず核心に踏みこんだ。

「おまえはもしも、あの娘が尊い血に連なる者であるなら、どうするつもりだ」

「あなたこそどうするつもりです？」

「問いに問いで応じるとは卑怯だぞ」

「それが庶民のしたたかさってやつですよ」

そうやりかえし、リーランドは寝台から腰をあげた。

「今夜はそろそろおいとまします。あまりあなたを疲れさせてもいけませんからね」

「わたしとの密会について、姫さまには？」

「あなた次第ですよ。伝えるも、伝えないも」

「……では黙っていてもらいたい。いまはまだ」

絞りだすように告げると、リーランドはいっそ感嘆したように眉をあげた。

「つくづく難儀なご性格ですね。でもおれはそういう役柄は好きですよ」

「わたしはおまえのような輩は好かない」

「それは手厳しい」

リーランドは人懐こい笑みをひらめかせると、

「連絡を取りたいときは、また花でも飾ってください。隙をうかがって参上します」

「了解した。くれぐれも警戒を怠らず、王女殿下をお護りしてほしい。すでに殿下が王都に身を潜めていることは、グレンスターの知るところとなったのだから」

「承知していますよ。そちらこそ、くれぐれも死に急がないように」

「わかっている」

憮然とするガイウスをよそに、リーランドは身をひるがえした。

その姿が月明かりに浮かび、ふたたびするりと窓の外に消える。

しばらく息をひそめて様子をうかがっていたが、どうやら異変はおとずれず、ほっと胸をなでおろしたところで、ガイウスは気がついた。

枕許には一輪の雛罌粟が、あたかも捧げるように残されている。

兵士の遺骸に見立てられたと考えるのは、さすがに穿ちすぎか。

「それにしても十年まえか」

ディアナの暮らす修道院が襲われたのと相前後して、アレクシアの生母は病死し、ケンリック公は処刑され、セラフィーナは幽閉されている。

しかし穢れた土地に咲く雛罌粟のように、ふたりの娘は生き続けている。

遺骸の血を糧に花開いたのは、はたしてどちらの娘なのだろう。

真実を知ったとき、その花は咲き続けていられるのだろうか。

1

収穫祭までついに半月をきった。

今日はいよいよ舞台設営の下見のために、座長以下《アリンガム伯一座》の主要な面々が王宮まで出向いている。あくまで新参者のリーランドも、言葉巧みな説得でいつのまにか同道を認めさせていたのは、さすがである。

王宮で催される収穫祭において、今年は宮内卿のスタンディング伯が総監督役に任じられているらしい。アレクシアの記憶では芝居好きのはずなので、公演の内容や演出などについても、寛容な対応が期待できそうだ。

宮廷の要職者には、昨今の芝居小屋の盛況ぶりに、眉をひそめる御仁もいるのだ。

夢物語に喝采を送ったり、贔屓の役者に熱をあげたりと、市民から地に足のついた生活を奪いがちな芝居の興行は、まさに百害あって一利なし。一座そのものが公序良俗に反した犯罪者集団か、陰謀の温床であると警戒する向きもなくはない。

「いまはわたしが身を隠していることだしな……」

グレンスターにしてみれば、まさにおたずね者が潜伏しているに等しい。

そうと気がつき、笑うに笑えない気分をもてあましつつ、アレクシアはせっせと桟敷席の掃除を続けた。

こうした作業にいそしむ機会は、生まれてこのかたほとんどなかったが、女官長の監督による徹底的な仕事ぶりなら、記憶に焼きついている。

しかし欄干を支える手摺り子の窪みまでをも丹念に磨くのは、素姓を隠し、一座の晴れの舞台を利用せんとしていることへの、ささやかな罪滅ぼしを含む自覚はあった。

あと半月したら、自分は市井を去る。

そのための絶好の条件がそろい、頼もしい協力者もついているというのに、アレクシアはここにきて、ディアナと再会して人知れず入れ替わるという情景を、うまく思い描けなくなっている。

本当にそんな未来は実現するのだろうか。

すると桟敷席の入口の垂れ幕から、ノアがひょいと顔をだした。

「あいかわらず馬鹿丁寧だなあ、姫さまの掃除は。そんな手摺りなんて、誰も気にしちゃいないのに」

「そうかもしれないな。売り子のノアが放つ、未来の花形のきらめきに、お客はそろって目がくらんでしまうだろうから」

「姫さまはさ……ときどき恥ずかしげもなく、そういう口説き文句みたいなのをくりだしてくるよな。宮廷流の作法ってやつか？」

「どうだろう？　たしかに言葉を飾る社交辞令については学んできたが、心にもない世辞を垂れ流すのは存外に気疲れするものだ。わたしの瞳から、そのような痛痒は微塵もうかがえないだろう？」

「またそういう……。その格好だとよけいに妙な感じだぜ」

ノアはどうにも調子がくるうという風情で、手にしていた梨をさしだした。

「ほらこれ、昨日の余りだけど、ちょっと傷んでるからおれたちにってさ」

「それはありがたい」

アレクシアは掃除の手を休め、ノアと並んで長椅子に腰かけた。

一座では肩から木箱を吊りさげた売り子たちが、観客席をまわってこうした果物や麦酒などを売り歩くのだ。ノアも《白鳥座》での経験を活かし、さっそく売り伸ばしに貢献しているらしい。

舞台がはねたあとには、林檎の芯や胡桃の殻などが散乱し、それを掃きだすのも雑用係のおもな仕事だった。

ノアはかしゅかしゅと梨をかじりながら、

「あ。みんな帰ってきたみたいだぜ」

欄干に身を乗りだした。舞台正面の広い出入口から座長らが流れこみ、待機組の役者も集まりだして、灰や榛の殻を押し固めた〝庭〟と呼ばれる立見席はにわかに活気づく。

ノアが手をふってこちらに注意をひくと、リーランドは桟敷席の通路を縫い、三階までやってきた。

「ディアナと会えたか？」

さっそくノアがたずねる。

リーランドは苦笑しながら、ふたりの座席の背板に腕をかけた。

「さすがに初日でそこまではな。でも収穫ならちゃんとあるぞ。あらかじめ姫さまに王宮の見取り図を描いてもらったおかげで、旧城壁の全体像も把握しやすかったしな」

「仮設舞台の建材は、やはりいまも旧城壁に？」

「ああ。きみの記憶どおり、城壁内の通路に保管されていたのを、ひととおり確認させてもらったよ」

塔をつなぐ城壁には、鋸壁に挟まれた巡回路がめぐらされているが、厚い壁の一部にも刳り抜きのような通路が設けられ、かつては籠城にそなえた物資なども備蓄されていたらしい。

「建材一式を運びだしてあの通路が空けば、密会向きの隠れ部屋になる。ちょうど舞台の裏手にあたるから、観客の目にもつきにくいのも好条件だな」

「だったらもう勝ちが決まったようなもんだな」

ノアは意気軒昂（けんこう）だが、リーランドはそこまで楽観していない顔つきである。

「それがなあ、今日は総監督役の宮内卿もちらと顔をだされたんだが、アレクシア王女が公演に臨席するかどうかは未定のようだ。そもそもこのところの王女は、ほとんど私室にこもりきりらしくてね」

宮内卿とはすなわち侍従の長として、内廷で暮らす王族の日常についても、目下（もっか）の状況を把握しているはずだ。

「まさか先日の恩赦（おんしゃ）の件で、ディアナがまずい状況にあるのだろうか」

かねてよりアレクシアが懸念していたのは、その点である。

「おれの印象では、ディアナが謹慎処分を受けているような含みはなかったから、面倒を避けるためにグレンスターが用心させているんじゃないか？　ディアナの臨席は、奴らの意向次第になるかもな」

「それならば、王女の息災を知らしめる格好の機会として、むしろ公演を利用するかもしれない。公（おおやけ）に姿をみせつつ、夜会のように踊ったり談笑したりする必要もないし」

「おれもそう考えていたところだ。だから当日まで接触の機会がなかったとしても、なんとか理由をつけて、舞台裏まで誘いだせれば希望はある。たとえばノアを遣いに走らせるとかな」

「おれを？」

「一座の子役として、王女殿下に快気祝いの花束を贈るついでに、計画を知らせる紙片をひそかに手渡すというのは？」

「名案じゃないか。おれやるぜ」

しかしアレクシアは、あまりの大胆さに不安をおぼえる。

「けれどいきなり王族の席に近づくのは、危険ではないだろうか。問答無用で衛兵に取り押さえられてしまうかもしれない」

「でもディアナはおれを知ってるんだから、気がついたら無視はしないだろ？」

「……たしかに」

アレクシアは慎重に吟味(ぎんみ)する。

「王女のふるまいとしても、幼い子どもを邪険に追い払うのはふさわしくないから、花束を受け取ることを不審がられはしないはずだ」

「ならますます完璧だな」

乗り気のノアを、リーランドが同志のまなざしでみつめる。

「危険な役まわりだが、いざというときはおまえを恃んでもいいか？」

「もちろん任せてくれよ。ディアナが驚くのが楽しみだぜ」

「驚きすぎて、地がでても困るけどな」

　リーランドは苦笑しつつ、

「しかしそうなると、おまえも当日は舞台衣装を着ていたほうがいいな。じつは座長から誘いをかけられたばかりなんだ。仮設舞台の奥行きが予想以上にあったもんで、せっかくだからにぎやかしにおれたちも舞台に乗ってみないかって」

「え？　いいのか？」

「ほんの端役でもよければな」

「そんなの全然かまわないって！」

　ノアは興奮に飛びあがらんばかりだ。

「ならちょうどいま、演出について方針を練りなおしているところだから、座長に詳しく訊いてみたらどうだ？」

「そうする！」

　梨の残りを口に放りこみ、ノアは一目散にかけだしていく。

「おい、慌ててこけて喉に詰まらせるなよ！」

　リーランドが注意するも、もはやノアの耳には届いていないようだ。

「……ノアがあれほどまでに舞台で演じたがっていたとは。わたしはよくよくあの子に気を遣わせていたのだな」

「いまは芝居どころじゃないってことには、あいつも納得してたはずさ。それでも一座の熱気にさらされて、さすがに役者の血が騒いだんだろうな」

「役者の血か」

アレクシアはつぶやき、手つかずのままの梨に目を落とした。

「それは生まれながらに具わっていたものなのだろうか。それとも——」

「孤児のノアが一座で育つうちに、生の芝居の熱が浸みこむように、その血が熟成されたものなのかって?」

アレクシアは首をすくめた。

「……わたしはまた益体もないことを考えているな」

「そうでもないさ」

リーランドは苦笑しながら、空いた座席に腰かける。

「特殊技能を要する世界に身をおいていて、とりわけ壁にぶつかったときには、誰しも気にせずにいられないことだろうからな」

「壁?」

「いまの自分と、理想とのあまりの乖離に、心の底から打ちのめされるようなときさ。才の有無は、その落差を悟れるかどうかにかかってるっていうのがおれの持論だが、そんな感性だって訓練次第で研がれも鈍りもするだろうし、一概には決められないはずだ。それでもこの世には恩寵みたいな才があるものだって、どうしても考えたくなるのが人情なのさ。そのほうが安心できるからな」

アレクシアはとまどう。

「安心するのか？　絶望するのではなく？」

「才があるならある、ないならないで、どちらも無駄な足掻きをせずにすむだろう」

「……そういえばガイウスも、かつて似たことを口にしていた」

ガイウスは王女の護衛官を務めつつ、平時は衛兵隊に武芸の指導もしており、ときおり訓練の様子についても教えてくれたのだ。

「選りすぐりの者を集めていても、やはり能力には個人差があって、一年にひとりほどは抜群に秀でた者がでてくるそうだ。呑みこみは早く、意欲もあって、次々と技を自分のものにして、上達をかさねてゆく。しかしそのような者が、かならずしも実戦で強いとはかぎらないというんだ」

「ほう。その心は？」

「知らずおのれの才に驕り、その過信が仇となって、致命的な油断を招きかねない。むしろ正しくおのれの弱さを知る者こそが、無用な犠牲をださずに、土壇場での粘り強さをも発揮するものだと」

「どうも古老の垂れる箴言のようですね」

アレクシアはかすかに笑った。

「十代にして、すでにじじむさい男だったからな。しかしあなたたちは存外に気があうかもしれない」

「そうですかねえ」

リーランドは妙に疑わしげに、

「間一髪で斬首を免れておきながら、ありがたがりもしなかった輩ですよ？　こっちは命がけで助けにかけつけたっていうのに」

「だからこそだろう。わたしはいかにも無謀な策で、あなたやノアや、ディアナをめぐる人々の命までをも危険にさらしたのだから、叱責されるのも当然だ」

すでに理解も納得もできていた。しかしあのときガイウスにぶつけられた糾弾のひとつひとつが、無数の矢を射かけられるような衝撃とともによみがえり、アレクシアはたまらなくなって目を伏せた。

「そもそもガイウスにとっては、長らくわたしが重荷だったのかもしれない」

「それはまた、どういったわけで？」

リーランドが驚きもあらわに問いかえす。

アレクシアはいたたまれなさをこらえ、梨を両の手のひらにつつみこんだ。

「気の抜けない宮廷で、わたしは誰より心を許せるガイウスを、ただの身辺警護役という以上に頼りにしてきたから。こちらは王族で、相手が本気では逆らいにくいのをよいことに、あれこれと甘えていた。そしてあの曲がったことの嫌いな男が、わたしだけにはそれを許しているということを、支えにしてきたんだ。そのことに、あちらも気がついていたのだろう」

「なるほど」

リーランドが神妙に相槌を打つ。

アレクシアは力なく笑んだ。

「まるで子どもだな。いまさら反省しても遅いが」

処刑台からなんとかガイウスを奪還し、あらためてまのあたりにした憔悴ぶりがあまりに痛々しくて、気がつけば削げた頰に手をのばしていた。

しかしガイウスがとっさに身を遠ざけたとき、その手はまだ頰に届いていなかった。彼は傷の痛みのせいで、反射的に避けたわけではなかったのだ。

そうと察してアレクシアの胸にこみあげたのは、たまらないうしろめたさのようなものだった。これまで暗黙の了解のうえで演じられていた気安さに、一線を越えて踏みこんでしまったかのような、羞恥と罪悪感だ。

傷んだ果実が、ひそかに奥から蝕まれていたように、もはや上辺をとりつくろうだけの余力もない満身創痍のガイウスだからこそ、浮かんだ本音をかいまみた気がした。

「それにあれの言葉で、わたしは思い知らされたんだ。わたしがあの子の――ディアナの気持ちをまともに考慮していなかったことに」

「ひょっとして……」

リーランドはさぐるように、アレクシアの横顔をうかがった。

「姫さまの気がかりは、肝心のディアナが入れ替わりを拒んで、おれたちの計画が失敗に終わることなのか？」

アレクシアは顔をあげ、リーランドの視線を受けとめた。

「考えられないことではないだろう？　ガイウスは言っていた。ディアナはわたしよりもよほど王女らしく、王女を演じていると。実際あの子にはそれだけの力があって、演技をすることそのものを愛してもいる。大舞台で、意義とやりがいのある務めを放りだしたくないと望んだとしても、わたしに責める資格はない」

「いやしかし、それはさすがにまずいだろう。現実的に無理があるし、グレンスター一党があいつを手駒に女王にまつりあげるつもりでいるなら、いずれエリアス王太子と王位を争うことにもなる」

アレクシアはうなずいた。

「そうだな。もちろんそれはわかっているのだが……もしもディアナがそうしたいというのなら、いまこそその望みに応じることでようやく借財を返済できるのではと、心のかたすみで考えている自分がいるんだ」

ディアナとめぐりあった当時の、あまりにかけ離れたふたりの境遇は、幼いアレクシアに説明しがたい戦慄を植えつけた。

同じ姿かたちを生まれ持った者には、その容姿と同様に等しく与えられるべき富や健康や運のようなものがあって、それを自分だけが不当に吸いあげてきたのではないかという疑いだ。

古からの俗信ですらない、根拠のない妄想だと承知していても、ディアナに成り代われるのならそれでもしかたがない、むしろどこか安堵できるような、複雑な感情をおぼえている。

そんな説明に耳をかたむけたリーランドは、興味と困惑と痛ましさの入り混じったようなまなざしで、アレクシアをながめやった。

「そういう考えにとらわれるのは、どうも姫さまらしくないようだが」

「わたしらしくないとは？」

「みずからの意志を手放して、神の気まぐれに諾々と甘んじるような生きざまですよ」

「あなたはわかっていない」

アレクシアは声なき笑いを洩(も)らした。

「まさにそれこそがわたしの生きざまだ。宮廷(国王陛下)の神の駒として、ただひたすら従順にふるまうだけの生き人形——それがわたしだ。望んで王女としてあるわけでもない。そう望むこともできない。わたしには意志などない。なにもないんだ」

そうだ。だからなんとしても宮廷に戻らなければと、アレクシアをここまで駆りたててきた一番の動機はきっと、お仕着せの王女の身分すらなくした自分にはもはやなにもないことを、思い知らされるのが怖かったからだろう。

好きなように生きればいいとガイウスに突き放され、呼吸(いき)をも忘れるほどに打ちのめされたのは、そのためだ。誰より自分を見知っているはずの相手から、いくらでも代わりの利く存在だと見切られたことが、なにより堪(こた)えたのだ。

「なにもないというのなら——」

うつろなアレクシアの視線をとらえ、リーランドが問いかける。

「どうしてきみは、危険を承知でいながら、彼を処刑台から救いだしたんだ?」

「それは……」

「王女の務めだから?」

「違う。いや……そうではあるけれど」

「どうしてもそうせずにはいられなかった?」

「そう。それだ」

「ならそれがきみだ」

リーランドは続ける。

「当初は消極的だったおれを必死に説き伏せて、みごとに心を動かしてのけた。善し悪しはともかくとして、おれはその熱意にほだされたのさ。嘘偽りのないその熱こそが、おれにとってのきみだ。処刑台でのやりとりには、惚れ惚れさせられたよ」

「あれはあなたの用意してくれた台詞のままに、なんとか演じただけで、偽りのわたしでしかないものだ」

「それでもきみにしかできない、きみの演技だろう」

「………」

アレクシアが困惑していると、リーランドはほほえましげに笑った。

「あまりぴんとこないって顔だな。まあ、収穫祭まではまだ時間がある。あの男を相手にすると、姫さまはどうも洞察力が笊になるみたいだし、自分をみつめなおす絶好の機会だと考えてみたらいいんじゃないか？　御前公演の芝居が、ちょうど手がかりになりそうだしな」

「そうなのか？」

「そうとも」

リーランドは自信たっぷりに請けあう。

「なんといっても今回の演目は、追い落とされたひとりの王女と、恋に破滅するもうひとりの王女の物語だからな」

◆2◆

「王立士官学校第二五期生ルーファス・アンドルーズ——任務を終えて、ただいま帰還いたしました」

アンドルーズ邸に帰宅するなり、ルーファスはガイウスの私室にかけつけてきた。

窓腰かけから暮れなずむ空をながめていたガイウスは、意気揚々と敬礼してみせる弟を苦笑しつつねぎらった。

「忙しい学生の身というのに、頼みごとをしてすまないな」

「なにを水臭いことを。わたしは兄上のお役にたてるのでしたら、どんなことでもいたします！」

「わたしはおまえの上官ではないのだから、無理をする必要はないんだぞ」

「無理なら、兄上のほうがなさっているのではありませんか？」

ルーファスはめざとくガイウスの手許に目をやった。

「まだ安静を解かれていないというのに、そのように抜身の長剣など手にされて、まさかこっそり鍛練を再開されるおつもりでいたのでは？」

ガイウスはぎくりとしつつ、

「まさか。錆びつかないように、磨こうとしていただけだ」

「本当ですか？」

「本当だ」

とはいえ手入れがすんだら、手慣らしにふりまわしてみるつもりでいたが、ルーファスに見咎められずにすんでよかった。

このところの弟は、まるで心配性の乳母のように、ガイウスを寝台に縛りつけておこうとするのだ。ラグレス沖での襲撃に続き、収獄のうえに処刑までされかかったことで、兄の死というものをまざまざと実感せずにはいられなかったのだろう。

そうと察すればこそ、面と向かってあしらう気にはなれない。

ガイウスは鞘に納めた剣を窓枠にたてかけ、

「それはそうと、首尾はどうだった？」

「そうでした。ご友人のオルセン司祭より、こちらをお預かりしています」

いそいそと足を進めたルーファスが、封蠟のほどこされた書簡をさしだす。

件の修道院について、ガイウスは聖教会本部に籍をおく旧友に、内々の調査を依頼していた。

すでに日常生活には支障ないほどに快復しているし、事情が事情だけにじかに出向いて説明するほうが安全なのだが、下手に動いてグレンスターにこちらの目論見を気取られるのもまずい。

邸内からうかがうかぎり、監視はいまだ解かれていない。むしろアレクシアを捕捉せんと、警戒は強化されているはずだ。

そこで家の者には、謹慎が明けるまでは念のために監視がつけられているだろうと伝えつつ、弟に取り次ぎ役を務めてもらうことにしたのである。

王立士官学校に在学するルーファスは、ランドール市内の敷地で寄宿生活を送っているが、許可を得れば外出も帰宅も認められるため、屋敷の出入りも怪しまれはしないと踏んだのだ。

「ありがとう。わざわざご苦労だったな」

「とんでもありません。国家機密にかかわるような、重要な案件なのでしょう？」

ガイウスはむせた。

「……そのように伝えたおぼえはないが？」

慎重に問いかえすと、ルーファスはなぜかおかしそうに小首をかしげた。

「それはそうですが、ごく私的な頼みごとだから書簡のやりとりはかならず手渡しでなどと念を押されれば、いくら浅はかなわたしでもぴんときますよ。なにしろ兄上は、逆賊(ぎゃくぞく)との内通を疑われて処刑されかけたばかりなのですからね」

おとなびた苦笑を向けられて、ガイウスはいたくとまどう。

「……そうか。どうやらわたしは、おまえをみくびっていたようだ。騙(だま)して利用するようなまねをして、気分を害したのなら謝ろう」

「どうかお気になさらず。たとえ家族が相手であろうと、ガーランドの守護に命を捧(ささ)げる武人であれば、軽々しく口にできぬことはありましょう」

ガイウスはますますめんくらいながら、

「しかし……おまえはこれまで、正々堂々とした戦いを尊んできただろう。わたしが諜者(ちょうじゃ)のような務めを果たしていたことに、さぞや幻滅したのではないか?」

いずれは兄を偶像視する時期も脱するだろうと、無邪気な英雄扱いもひたすら受け流してきたが、このようなかたちでガイウスの無力さ、人心の移ろいやすさを知らしめられるのは、ルーファスにとってとりわけ酷なことだったのではないか。

しかしルーファスはためらいなく首を横にふった。

「護(まも)るべきものを護り抜く戦いには、さまざまなやりかたがあるということを、王女殿下に教わりましたから」

「姫さまに?」

「父上が仰せでした。早急に先の襲撃事件のけりをつけたい中枢の思惑によって、兄上は身に憶えのない罪をなすりつけられたのだろうと。それを王女殿下はすべてご自分の責任というかたちで収められましたが、陛下や枢密院の同意もなく恩赦を与える行為は、王権を軽んじるものとみなされかねないそうですね。兄上のために王女殿下がそこまでの犠牲を払われたことを、我々アンドルーズは決して忘れてはならないと諭されました」

父の指摘はおおむね的を射ている。

ガイウスはあらためて、アレクシアの覚悟をかみしめた。

「そうだな。王女殿下はあまたの危険を承知しながらも、わたしを処刑台から救うために奔走してくださった。おそらくはおまえが想像している以上に、命がけでな」

ルーファスはうなずき、いたたまれないように目を伏せる。

「恥ずかしながらわたしは、兄上が王女殿下の護衛官に甘んじておられる状況に、長らく歯痒さをおぼえていました。けれど兄上がお仕えするには値しないなんて、そんなふうに決めつけるのは、わたしの驕りだったのかもしれません」

「お仕えするにふさわしくないのは、わたしのほうだ」

「え？」

「転属を願いでることを考えていると、いつかおまえにこぼしたのはそのためさ」

「そうだったのですか？　なぜです？」

よほど意外だったのだろうか、ルーファスは驚きもあらわに目を丸くする。

とたんに見慣れた少年らしさがうかがえて、ガイウスは頬をゆるめた。

「わからないのならそれでいい」

「……わたしを子ども扱いしておられますか？」

はぐらかされたのが不満なのか、ルーファスが少々むくれる。

「いいや。むしろしばらく顔をあわせぬうちに、ずいぶんと成長していて驚かされた。背もいくらか伸びたか？」

「あ、はい！　いまでは同期生のなかでも高いほうになりました」

「きっとまだまだ伸びる。アンドルーズは総じて長身の家系らしいからな」

「早く兄上に追いつきたいものです」

「おまえに追い越されるのは、妙な気分だろうが」

「ご安心ください。たとえ背丈が並んだとしても、わたしにとっての兄上が、いつまでも追いかけるべき目標であることに変わりはありません」

「大袈裟だな」

「そんなことはありません。兄上に憧れている同期生も、ひとりやふたりではないのですから」

「そのわたしが処刑台送りになって、おまえも肩身が狭いのではないか？」

逆賊の疑いは晴れたとはいえ、植えつけられた悪印象はなにかと残るものだ。その影響がアンドルーズの者たちにも及ぶことを、ガイウスは危惧していた。

「それどころか、取り乱すこともなく潔く死に臨まれる兄上のお姿に、ますます崇敬の念を深めたそうですよ」

「ではあの日の処刑に立ち会った者もいたのか？」

「そうなんです。兄上が逆賊であるとは信じられず、いまさらどうすることもできないとわかってはいても、足を向けずにはいられなかったそうです。そして黒服の処刑人が斧を持ちあげ、もはやこれまでというとき――」

ルーファスは芝居の口上のように、片腕を宙にさしのべる。

「颯爽とかけつけられた王女殿下のあまりのお美しさに、まばたきも忘れて見惚れてからというもの、その神々しいお姿が脳裡から離れないとか」

「若造が。その頭かち割ってくれようか」

「いまなんと？」

「空耳だ。聞き流せ」

「はあ……ええと、彼が言うにはですね、またたくまに場を制された王女殿下は、もはや王者の風格すら漂わせていらしたそうです。お命を預ける護衛官との、余人には割りこめない絆も感じさせられたと」

かすかにガイウスの胸が鳴る。

ルーファスは熱をこめて訴えた。

「兄上の謹慎が解けたら、わたしもともに宮廷に伺候して、王女殿下に直接お礼を申しあげたいです」

「ん……そうだな。いずれ機会があれば」

「ぜひよろしくお伝えください」

ルーファスは勢いよく一礼して踵をかえす。

その背を見送りながら、ガイウスはしばし揺れる鼓動の余韻にたたずんでいた。

弟の成長ぶりをまのあたりにした感慨と、彼のささやかな願いすら叶えられそうにない焦燥が、リール河の霧のようにうずまいて、たまらない息苦しさにとらわれる。

「しかしこうなると、せめて父上には真相を打ち明けておくべきか……」

父のほうからは、いまだなにも訊いてこない。

不用意には洩らせない事情があることを察しているのだろうが、この期に及んでグレンスターの策謀を隠し続けるのが、はたして最善の道かどうか。

結果的にここまで家族を巻きこんでしまった以上は、自分になにかあったときのためにも、アンドルーズ家としての動きがとれるように、すべての経緯を説明しておくべきかもしれない。

とはいえ王家に忠誠を誓う父が、ディアナの存在についてどんな反応をするか読みきれないことを考えると、やはり彼女の素姓がはっきりするまでは、報告を保留するべきかもしれなかった。

悩める吐息をこぼしつつ、ガイウスは書簡の封を破った。

学究肌の友人の、几帳面な文面にさっそく目を走らせる。

「条件に合致する修道院は、おそらく《聖ギネイラ修道院》のみ。再建はなされず、事実上の解散のまま現在に至る模様……か」

王権による査察で解散を命じられ、土地財産も没収されたという教会や修道院は数多くあるものの、取り潰し以外の理由で財務記録が途絶えた施設を洗いだすのは、さほど困難な作業ではなかったらしい。

しかし養育されていた孤児たちの情報については、やはりすべての記録が焼失したようで、詳細は不明とのこと。

「もとより望み薄ではあったがな」

とはいえおもいがけない収穫もあった。

年度毎に申告されていた財政収支を検めてみたところ、ある年だけ寄付金の総額が大幅に増えていたという。

その先を読み進めたとたん、背にふるえが走る。

「いまをさかのぼること十七年まえ……ディアナが生まれた年か」

乳飲み子のディアナが鄙びた修道院に託され、養育費の代わり——あるいはくちどめ料もかねて、まとまった額が寄付された。

そんな光景が、過去を照らす雷のようにひらめき、息を呑む。

なによりガイウスを戦慄させたのは、その時期がまさしく王女アレクシアの生誕と一致するという事実だ。

もはやいてもたってもいられず、ガイウスは部屋を飛びだした。

息をきらせてたずねた先は、母コルネリアの私室であった。

「母上。少々よろしいですか？」

「不肖の息子がいったいなんのご用かしら？」

母はこちらを一瞥したきり、刺繍にいそしむ手を休めもしない。

ガイウスは我にかえり、叱られた少年のようにたじたじとなる。

「いえ……その、お忙しいのでしたら出直しますが」

収獄から拷問を経て処刑台送りという、究極の災難からガイウスがかろうじて生還してからというもの、母の機嫌はあまりよろしくない。

わけのわからぬうちに息子が死にかけたあげく、当人が仔細を説明しようともしないので、おっとりした母もさすがに立腹しきりなのである。

あたかも月夜の湖面にたたずむ白鳥のよう——と若かりし日の父が讃えたとか讃えないとかいうたおやかな風貌にもかかわらず、いざ怒らせると怖い。

そういえば白鳥もあれでいて存外に獰猛で、不用意に近づくと長い首を活かして咬み技をくりだしてくるのだった。

「たとえ忙しくても歓迎しますよ。あなたが次の投獄の日取りを、あらかじめ伝えにきてくれたのなら」

「……違います。ただ近々しばらく王都を留守にするつもりでおりまして」

胡桃色の髪を結いあげた母は、さすがに驚いた顔でふりむいた。

「留守ってあなた、謹慎はまだ解けていないのではなくて？」

「そこはうまくやります」

「あなたが監視をかいくぐるのを、わたくしに黙認しろと？」

「まあ、そういうことですね」

「すこしはすまなそうになさいな」

もはや悪びれもしないガイウスに、コルネリアは呆れた様子である。

しかし正直に告げられたことで、いくらかは気が収まったらしい。針を布にとめ、あら

ためて息子の姿をながめやると、

「それはアレクシア王女殿下の御為なの？」

　ガイウスはうなずいた。

「そうです」

「ならいいわ」

「よいのですか？」

　拍子抜けするガイウスに、

「殿方のくだらない意地やら義理やらのためでないのならね」

　さらりと辛辣な釘をさしてくる母である。

「それにガーランドの騎士が命を懸けるお相手として、アレクシア姫に勝る女人はいないのですから、母としてもまんざらではありません」

「たしかに殿下は王族であらせられますが、わたしはなにも血の高貴さゆえにお仕えしているわけでは」

「あらあら。一度はこの世とおさらばしかけたせいかしら、ずいぶんと臆面もなくなったこと」

　なにやらおもしろがるような声音に、ガイウスはたじろぐ。

「母上……なにか誤解をなさってはいませんか？　わたしはただ、殿下が身をなげうってお仕えするに値する主であればこそ……」

「それで本題は？」

もはや耳をかたむける価値なしとでもいうように、コルネリアは息子の戯言をばさりと断ってのける。

「ただ出奔の報告をするためだけに、母をたずねてきたわけではないのでしょう？」

「——はい」

さすがは鋭い母にきりだされて、ガイウスは居住まいを正した。

「じつは王都を発つに先だって、うかがいたいことがありまして。かつて母上は、宮廷で女官勤めをなされておいででしたね？」

「そうね。王太后さまがご存命でいらしたころ、侍女としておそばに仕えていたわ」

コルネリアが言うのは、現国王エルドレッドの母公のことであろう。

「あなたの父上とも、そのころに宮廷でお会いしたのよ。あのひとときたら、わたくしにひとめ惚れをしたとかで、気がつけば隠密のように物陰からこちらをみつめてばかりいるものだから、わたくしなんだか不気味で……」

「そういうお話はまたの機会にうかがいます」

「あら、つまらないこと」

あえてとぼけて息子をいじめているのだろうか、ガイウスはいたたまれなさを押しのけるように、咳払いをした。

「メリルローズ妃のご懐妊から、アレクシア王女ご生誕に至るまでの時期についても、ご記憶がおありですか？」

「当時はあなたを産んで、女官に復帰していたころだから、なくはないけれど」

「では内廷において、なにか口外の憚られるような噂を耳にされたことは？」

「あなた……いったいなにを知りたいというの」

咎めるような母の瞳からは、いつしかからかいの色が消えている。

ガイウスは一瞬くちごもったものの、覚悟を決めて告げた。

「つまり王女殿下は、じつは双生児であらせられたとか」

「まさか。男女の？」

「王女がふたりです」

「ひとりは死産されたとでも？」

「そうではなく……」

「ガイウス」

コルネリアはわずかに身をひいた。

「あなたもしや、ひそかに隠された王女がいたかどうかなんて、恐ろしいことをこの母にたずねる気ではないでしょうね」

「仮定として、そうした状況がありえるかどうかをうかがいたいだけです」

急いで言い繕うものの、もうひとりを女児と限定したのでは、ただの仮定でないことはもはや明白である。

ガイウスはひたすら気まずい沈黙に耐える。

おそらく訊きたいことは山ほどあるのだろうが、事情を問うたところではぐらかされるとみたのか、やがてコルネリアは慎重に語りだした。

「たしかに古くには、双子が忌まれることもあったそうね。辺境の村落などでは、まれにそうした考えが生き続けているともいうけれど……よりにもよって宮廷でそのような迷信がまかりとおるなんて、考えられないわ」

「占い師かなにかが、廃れた迷信をあえて持ちだして、不吉をほのめかしたとか」

「当時も宮廷には占い師が出入りしていたけれど、あくまで余興の範疇だったはずよ」

「妄信するほどの傾倒ぶりは、みられなかったのですね？」

「わたくしの知るかぎりではね。もちろん国王ご夫妻に直接お仕えしていたわけではないから、実際のところはわからないけれど、むしろ陛下などは占いごときに惑わされる者を軽蔑なさるほうでしょう」

ガイウスは同意しないわけにはいかなかった。あの苛烈なエルドレッド王が、みずからの意志を積極的に手放すとは考えにくい。もっともらしく不安をあおる占い師に立腹し、

「それに王家で双子が忌まれる理由があるとしたら、いずれ王位継承をめぐる政争の種になりかねないからでしょう。男児ならともかく、女児なら嫁ぎ先の候補も増えて、いっそ喜ばしいくらいではなくて？」

「ああ……なるほど」

それはそれで至極勝手な話であるが、理解はできる。

「王子でなければ陛下のお怒りをこうむるとわかりきっていたのならともかく、初の嫡子であるアレクシア姫のご誕生を陛下はたいそうお喜びでいらしたのだから、メリルローズ妃があえてもうひとりの姫君をお隠しになる必要もないでしょうし」

冷静に続けたコルネリアは、そこでわずかに声をおとした。

「ただ……姫君の将来を憂えたメリルローズ妃が、宮廷に戻られるまえに独断で遠ざけられたということなら、ありえないともいえないけれど」

母が婉曲に伝えているのは、おそらく生まれついての障碍や、容姿の著しい見劣りなどのことだろう。

かつてアレクシアも洩らしていた。もしも自分が人並みの容姿や知性に恵まれず、王族の娘として使い道がないと父王に見限られたら、もはやこの世にいないものとして、どこぞの孤城に幽閉される未来もありえただろうと。

とはいえ生後まもないアレクシアとディアナに、いましがた示唆されたような決定的な差があったとは考えにくい。

　そのときガイウスは、母のなにげないひとことに、ひっかかりをおぼえた。

「待ってください。ひょっとしてメリルローズ妃は、グレンスターの領地で出産を迎えられたのですか？」

「ご生家ではなく小夜啼城よ」

　ガイウスは目をみはる。

「小夜啼城……」

　それは昨年までセラフィーナが幽閉されていた、西の辺境オルディスの古城である。

「知らなかった？　当時は王家の離宮として、保養のために使われていたのよ」

「存じていますが、王女殿下がそちらでお生まれになられたとまでは」

　ふりかえってみれば、アレクシアはみずからの幼少時代について、あまり多くを語らなかった。とりわけ生母のメリルローズ妃を亡くしてからは、孤独な境遇にあったと容易に想像がついたので、こちらからたずねることもしなかった。

　いまとなっては、積極的にアレクシアの過去を共有しようとしなかったことが、悔やまれる。ディアナの出生の手がかりになるかもしれないからではない。忘れたいような記憶をともに慰撫するように、寄り添う方法もあったのではないかと。

　コルネリアが詳しい状況を説明してくれる。

「じつは当時すでに、国王ご夫妻の仲は冷えきっているとの噂もあったの。けれど陛下はメリルローズ妃のご懐妊をことのほかお喜びになって、ご出産までお心安らかにすごされるようにと、小夜啼城に送りだされたのよ。ご寵愛になっていた女官とも、それを機に手を切られて、問答無用で宮廷を去らせたの」

「それはまた徹底していますね。陛下らしい極端さともいえますが」

「ちょうど若きグレンスター公が武勲（ぶくん）をあげられて、その功績に陛下が配慮されたとみる向きもあるようね」

「なるほど」

　絶対的な力で宮廷に君臨（くんりん）する国王といえど、有力な貴族の支持がなければ王権を維持できないのは、どの国も同じであろう。

　そもそもメリルローズ妃との婚姻（こんいん）も、グレンスターの軍事力を確実に取りこみたいとの意図によるものだったとされている。

「してその愛妾（あいしょう）というのは？」

「アシリング家のリエヌさま。メリルローズ妃付きの女官として、宮廷にあがられたかたよ」

「王妃の侍女に手をつけたのですか？」

　ガイウスはたまらず眉をひそめ、

「それはいただけないですね」

「あなたと意見が一致するとは嬉しいこと」

　コルネリアは口の端にいたずらな笑みを含ませる。そして遠い記憶をさぐるように、宙にまなざしを投げた。

「たしかグレンスターの傍系の生まれにあたるかたで、早くにご両親を亡くされてからは本家に身を寄せていらしたのだったかしら」

「え？」

　ガイウスは息を呑む。

「では彼女たちには、血のつながりがあったというのですか？」

「そのはずよ。どれほどの濃さかはわからないけれど。だからこそグレンスターも、信用のおける女官として、宮廷に送りこんだのでしょう。それがいつしか主をさしおいて陛下の寵愛を受けるとは、グレンスター本家にしてみれば恩を仇でかえされたも同然というところでしょうね」

　ガイウスは呆然としながら、母の証言に耳をかたむける。

「無欲な顔をしてしたたかな娘だと、グレンスター公も憤慨しておられたのを憶えているわ。とはいえ陛下のお望みなら固辞するわけにもいかないのだから、リエヌさまにもどうにもできないことだったのではないかしら」

エルドレッド王の寵愛を受けても、不安定な身分であることには変わらず、正妃の懐妊を機に結局は宮廷から追いだされたのでは、ひたすらおのれの境遇に翻弄されているようでもある。

「面と向かって陛下をお諫めできたのは、ケンリック公くらいのものでしょうね」

「いまは亡き王弟殿下ですか」

「ええ。かえりみられぬメリルローズ妃に同情なさった公が、兄夫婦の仲を取り持とうと尽力されたとか」

「ではその甲斐あって、妃はご懐妊に至ったと」

「さて。男女の仲は一筋縄ではいかないものですから」

コルネリアは肩をすくめ、ガイウスもぎこちなくうなずく。

たしかにあのエルドレッド王が、弟の忠告ごときにおとなしく耳を貸すかといえば疑わしいし、その気になった理由というのもあまり考えたくない。ともあれ国王としての義務は、立派に果たしたわけだ。

「そのリエヌさまのご印象はいかがでしたか」

「お美しいかたでしたよ。《黄金の薔薇》のメリルローズ妃と並べて《月長石の百合》などと讃えられてもいたかしら。淡い金の髪に、天色の瞳がいとも儚げでいらしたのが、陛下に見初められてからは、雪解けを迎えたように艶やかにもおなりになって」

「グレンスターとしては、心穏やかではいられませんね」

しかし恩知らずの悪女と決めつけるのもどうか。彼女は彼女で不遇に耐え、拠りどころを求めようと必死だったのではないか。そんな印象を受けないでもない。

それにしても――王妃と愛妾に血のつながりがあったとは。

めまいをもたらす動揺に、ガイウスはなんとか足を踏みしめて耐えた。

「母上はそのかたの消息をご存じですか？」

コルネリアは首をかしげた。

「さあ。それきり宮廷を去られたはずだから、ご健在かどうかも……。陛下からはそれなりの財産を下賜されたと噂に聞いたけれど」

「そうですか」

ならばグレンスターとも絶縁し、市井でひそやかに暮らしているのかもしれない。

いずれにしろ、当時のエルドレッド王にとっては、誰より近しい女人である。

その彼女がメリルローズ妃の懐妊とともに宮廷を去ったことには、表向き以上の理由が隠されているのではないか。

ディアナの出生の鍵は、おそらく彼女が握っている。

しかしいまや連絡のとりようがないとなれば、やはりディアナが預けられていた修道院跡に出向いて、手がかりを集めるしかないだろう。

「ガイウス」

名を呼ばれて顔をあげたとたん、母と視線がぶつかった。

「あなたもしや、デュランダル王家のやんごとなき秘密を暴こうとして、投獄されたのではなくて？」

あくまで穏やかな声色(こわいろ)でありながら、息子をみつめる紺青(こんじょう)の瞳には、安易(あんい)な言い逃れを許さない強さがある。夜空を映した湖のようなこのまなざしを向けられると、ガイウスはいつも叱られる幼い子どもの気分になる。

それは弟のルーファスも、ともすると父も同じなのかもしれない。

静かなる迫力に気圧(けお)されつつ、ガイウスはなんとか踏みとどまった。

「そうともいえますね」

「それでもやめるつもりはないと」

「あいにくながら、すでにひきかえせないところまで踏みこんでしまいましたので」

母の瞳にかすかなさざなみが走る。けれどそれはほんの一瞬のことだった。

呆れきったようなため息には、すでに笑いの予感がちりばめられている。

「あなた父親(あのひと)に似て不器用なのに、うまくたちまわれるの？」

「……鋭意善処いたします」

「ならばやれるところまでおやりなさい。ただし――」

「はい」

「次は処刑台送りになるまえに、迷わずアンドルーズに助けを求めるように。あのひとを脅してでも、わたくしが兵をださせますから」

勇ましすぎる母の激励に、ガイウスは笑った。

「どうかそうならないことを祈っていてください」

ガイウスはあらためて深々と一礼をし、部屋を去った。

「姉上はどうなさいますか？」

エリアスにたずねられ、ディアナは我にかえった。

いくら慣れてきたとはいえ、見舞いの王太子を相手にぼんやりしてしまうとは、たいした油断だ。内心ひやりとしながら問いかえす。

「え……と、なんの話だったかな？」

「収穫祭の御前公演に、姉上もご臨席なさるかどうか、うかがったんです」

窓腰かけに向かいあったエリアスが、うきうきと声を弾ませる。

「わたしは楽しみにしています。昨年は熱をだして、参加を見送らなければならなかったので」

「……そうだったな」

ディアナは眉をさげ、同情のまなざしを送った。

「わたしのほうは、グレンスターの叔父上のご意向次第かもしれないな。先日の騒ぎではアシュレイに怪我をさせてしまったし、いまのわたしは自主的に謹慎しているようなものだから」

結局あの朝の騒動は、窓から内廷を脱けだす王女を追おうとしたアシュレイが、誤って転落したというのがグレンスターの公式見解になったらしい。

つまりガイウスに独断で恩赦を与えたのも、王宮から処刑台までかけつけた正真正銘の王女であると認めたわけである。

「裂いた敷布をつなげて垂らして、窓から刺客のように伝い降りられたなんて、さすがは姉上ですね。侍従や女官たちにも、すでに武勇伝の噂が広まっているようですよ」

「それは胃が痛いな……」

ディアナは頬をひきつらせる。

冗談ではなく、もはや生きた心地もしない日々である。

「わたしなんて、騒ぎの理由を知ったのはすべてが終わってからでした。それもわたしのほうから侍従長を問いつめて、ようやくです」

エリアスはうなだれる。

「わたしは王太子でありながら、肝心なことからはいつも遠ざけられているんです。ガイウスが賊と手を結ぶなんて、ありえないことなのに」

「……わたしも似たようなものだよ。自分ではなにも決められずに、状況に流されることしかできなくて」

エリアスの無力感は、痛いほどにわかる。それだけに、ろくななぐさめひとつできない自分が、ひどくもどかしい。アレクシアならなにかもっと、前向きな励ましができるのではないか。

なにしろ自分がただめそめそと手をこまねいているうちに、鮮やかな手際でガイウスを救いだしたのは、ほかならぬ彼女なのだから。

ディアナはもはや、その王女がアレクシア本人であると確信していた。

「ガイウスは地下牢で、ひどい拷問を加えられたそうですね。後遺症に苦しめられないとよいのですが……」

「自力で処刑台の枕石までたどりつけたくらいだし、きっとすぐに元気になる。なにしろ頑丈さが取り柄の男だ」

「それはガイウスの決め科白ですね」

「はは。そうだろうな」

不意打ちでこみあげる衝動を、ディアナはとっさの笑いでごまかした。

はからずも同じ言葉を口にできてしまうほど、もはや赤の他人とはいえないガイウスの不在を、こんなかたちで実感させられるなんて。

「アシュレイのほうはいかがですか?」

「もうなんともないから、一日も早く宮廷に復帰したいと手紙で伝えてきたよ。深呼吸をするたびに、まだ胸に響くそうだけれど」

「それはなんともなくはないのでは……」

「まったくだ。男の強がりにはほとほと呆れる」

アシュレイが養生しているのは、ランドール市内のグレンスター邸である。

あれから幾度か手紙を寄越してきたが、用心のためかあくまで従妹のアレクシア王女に宛てた文面で、あたりさわりのない近況以外のことは書かれていない。

そのためアシュレイがほのめかし、転落事故のきっかけになったディアナの出生の空白については、いまも宙に浮いたままだ。

けれどグレンスター公にたずねることを、ディアナは躊躇せずにいられない。

理由はアレクシアだ。アレクシアは健在で、すでに王都までたどりついている。ならば自分の不在を、代役が埋めてしのいでいるらしいことにも察しがついているだろう。

にもかかわらず、なぜグレンスター家と連絡を取ろうとしないのか。

あるいは誰より信頼のおけるアンドルーズ家に身を寄せているのかもしれないが、そのガイウスからも一向に知らせがないのはどうしたことか。

まるでアレクシアは、あえて身を隠そうとしているかのようだ。

その理由こそが、自身の出生の秘密を決定的に裏づけるようで、ディアナをたまらなく不安にさせる。

ふとディアナは、窓の外に目を向けた。

硝子越しにこんかんと、小気味よい音が風に流れてくる。

「あれは……」

「さっそく木組みの舞台を設営しているようですね。今日から準備にかかってもらう予定だと、侍従長が教えてくれました」

「そうか。いよいよ始まるんだな」

こうした情報も、いまはあまり耳に届かない。

グレンスター公があらたな護衛役をつけてくれたが、彼はみずからの任務をディアナの監視と心得ているようで、いまだほとんど言葉をかわしてもいなかった。

ヴァーノン夫人らは親身に世話を焼いてくれるが、それでもディアナの不安な心に寄り添うような気遣いの数々は、やはりアシュレイならではのものだったのだと、いまさらのように思い知らされる。

けれどその優しさは、ディアナが王女の代役である以上に、グレンスターにとって重要な意味のある娘だからなのだろうか。切々と語ってみせた好意は、小娘を手なずけるための方便でしかなかったのか。

窓から落ちるディアナを、身を挺して守ったのもそのためなのか。もしも外壁沿いが石敷きだったら、アシュレイは死んでいてもおかしくなかったのに、ただの義務感でとっさにそこまでのことができるものだろうか。

アシュレイを信じようとすればするほど、疑いもまた深まる。

鬱然とした気分を逃がすように、ディアナは窓を開いた。

「もう演目は決まっているのかな」

「今年は《アリンガム伯一座》による『王女アデライザ』だそうですよ」

ディアナはおもわずエリアスをふりむいた。

「本当に？」

「やはりご興味がおありですか？」

「もちろん。一座にも演目にも興味津々だ」

古のアデライザ姫については、いつかは演じてみたい定番の大役として、アシュレイとも話題にしたばかりだ。それに《アリンガム伯一座》といえば、新進の一座として王都でもひときわ評判を呼んでいるのではなかっただろうか。田舎町のアーデンでも、街道を行き来する情報通の商人などから、王都の噂を耳にする機会はあった。

「小夜啼城ものは、市井でも人気のようですね」

エリアスに水を向けられ、ディアナはきらりと瞳を光らせる。

「その理由を知りたい？」

「知りたいです」

ディアナは身を乗りだし、ぴんと三本の指をかかげてみせた。

「それは老若男女に受ける要素が、もれなく盛りこまれているからだ。謀略に、剣戟に、一世一代の大恋愛」

「おお」

いまより時をさかのぼること三百年あまり。

叔父エグバートの謀略によって、アデライザ王女は父王と兄王子を殺され、小夜啼城に幽閉の身となった。

そのアデライザと恋仲にあったのが、若き将軍カシアスだ。新王エグバートはカシアスに対し、忠誠の証として娘エルフリーダを娶るよう迫るのである。

カシアスは表向きは従いつつ、ひそかにアデライザを救出する計画をたてるが、それを知ったエルフリーダはカシアスを愛するあまり、恋敵を葬り去らんとして偽の暗殺命令を伝令鳩に託してしまい……という展開が、近年では定番となっている。

　もちろん脚色はされているが、実在の王侯貴族それぞれの思惑と葛藤が複雑にからんで緊張感を高めつつ、悲劇的な結末に雪崩れこむさまは、いつの時代も観客の心をつかんでやまないようだ。

「芝居の一番の見せ場は、終盤の小夜啼城の一幕だな。凶手に追いつめられたアデライザ姫が、命からがら逃げこんだ塔から目にしたのは、丘を越えて城をめざす騎馬の一群だった。彼女はエグバート王が、自分の屍を晒しものにするために兵をさしむけたものと絶望するのだけれど――」

「それは窮地の姫を救うために一心不乱でかけつけた、カシアス将軍の部隊だったのですよね」

「そのとおり」

　しかしこのままでは屍すら嬲られると覚悟したアデライザは、松明の焔を我が身に移したうえで塔から身を投げるという、壮絶な最期を遂げたのだ。

　アデライザ役にとっては、ここが最大の見せ場でもある。

「たしか舞台から本当に飛び降りてみせるとか」

「そう。舞台の左右にはたいてい露台が張りだしていて、そこから書割に隠したふかふかの藁布団をめがけて飛び降りるのだけれど、身体を丸めないで、きれいに落ちるのはなかなか難しい……らしいな。何年かまえに御前公演にやってきた一座の者が、そう教えてくれた」

ほとんど実体験のまま語りそうになり、ディアナはなんとかごまかした。

エリアスはすっかり心惹かれたまなざしで、

「今回の公演でも、その場面が観られるでしょうか？」

「きっとね。そこはやっぱりみんなが期待するお約束だから」

ディアナはにこりと笑う。久しぶりに心から笑えたようだった。

やはり芝居のことを考えているときがなにより楽しいし、自分らしい。そう実感できたことに、ひそかに安堵もする。

「ますます収穫祭が楽しみになりました。姉上にもご臨席いただけたら、なお嬉しいのですが」

「そうだな。近々グレンスター公に訊いてみよう」

「ぜひそうなさってください」

エリアスが力強くうなずいたとき、ちょうど迎えがやってきた。

エリアスの専属護衛官のダルトン卿である。

王太子の護衛を担うだけあって、四十がらみの卿は経験豊かな武人で、エルドレッド王の信も篤いという。まだ本格的なものではないが、エリアスの体調に配慮しつつ、剣技の基礎の指導などもしているそうだ。

中背ながら屈強な身体つきで、鳶色の瞳は鋭くも実直そうである。あくまで主従の礼節を保ってはいるが、エリアスにとっては頼れる叔父のような存在でもあるのかもしれないと感じる。

今日はいつもより迎えが早めの気がしたが、はたして卿は手短に告げた。

「王太子殿下に王女殿下。ご歓談のお邪魔をして申しわけありません。じつはいましがたカルヴィーノ師がまいりまして、殿下にお見せしたいものがあると」

カルヴィーノ師とは、いったい誰のことだろう。たじろぐディアナに対し、エリアスはたちまち喜びを弾けさせた。

「肖像画ができあがったのですね！」

「そのようで」

ダルトン卿はほほえましげに笑み、

「ただいまお部屋でお待ちなのですが、いかがされますか」

「もちろんすぐにお会いします。姉上もご覧になりますよね？」

「わたしも？」

「だって姉上の肖像画なのですから」

はしゃぐエリアスに手をひかれ、ディアナはあたふたと腰をあげる。

そういえばガイウスがちらと語っていた。ローレンシア行きを控え、宮廷画家にアレクシア王女の肖像画を描かせていたと。本来ならアレクシアも見届ける機会のなかったはずのその肖像画が、いま完成したというわけか。

そのめぐりあわせに目の眩むような心地をおぼえつつ、ディアナはエリアスに誘われるままに歩きだした。

グレンスター公の許可をとるべきだろうが、いまは用心よりも興味が勝った。

十七歳に成長したアレクシアの姿を、ようやくまのあたりにすることができるのだ。

「これはこれは。ご姉弟おそろいでお越しいただけるとは、まことに嬉しいかぎりでございます」

王太子の私室にたどりつくと、洒落た長身の男が左脚をさげ、うやうやしく腰を折ってみせた。

そのかたわらには、持ちこまれたとおぼしき画架に布がかけられている。

エリアスは期待もあらわに、画架の正面に走りこんだ。

「さっそく拝見しても？」

「どうぞご存分に」

はらりと布が取り払われる。

ふた呼吸ほど遅れて、エリアスは感激の声をあげた。

「わあ……なんてすばらしいんでしょう。まるでもうひとりの姉上が、画布の奥で息をしておいでのようです」

「会心の出来と自負しております。王女殿下もどうぞご検分を」

ディアナはうなずき、エリアスの隣にまわりこんだ。

こくりと唾(つば)を呑みこみ、覚悟を決めて視線をあげる。

「これがわたし(アレクシア)……」

まるで鏡に自分を映しているかのようだった。

しかしそう感じたのは、ほんの一瞬にすぎなかった。

画布にちりばめられた色彩が、香りたつように浮かびあがらせるなにかに焦点をあわせてしまえば、もはや一目瞭然(いちもくりょうぜん)だった。

あの子だ。六年まえの冬の日に、無謀なひとことでディアナの未来を捻(ね)じまげてのけたあの少女が、まちがいなくここにいる。凍えきったディアナの魂(たましい)に、必死で焔を宿らせようとしたあの少女が、ここにいる。

明るくのびやかでいながら、どこかかたくなでさみしげな王女。

なじりたくなるほどに、なにも変わっていない。

「姉上。お手をふれるのは」

「……あ！　ごめんなさい」

いつしかディアナは、虹色の真珠で縁どられたアレクシアの胸許に、手のひらをあてがおうとしていた。そうと気がつき、あわてて指先をひっこめる。

「こうすれば鼓動を感じられるような気がして……」

「それはまた嬉しい褒め言葉でございますね」

カルヴィーノ師が胸に手をあてて、感激の意をしめす。

しかしこの画家の腕は、相当なものではないだろうか。造作が似ていようが、まったくの別人であるところのアレクシアらしさというものを、あまさず捉えている。

そんな画家の眼に、長々と我が身をさらしていては、まずいのではないか。

そわそわと退室の口実をさがすディアナをよそに、エリアスは陽気な宮廷画家となごやかに語りあっている。

「さっそくわたしの寝室に飾ってもよいですか？」

「もちろんです——と申しあげたいところなのですが、額装をほどこすまえに国王陛下に拝謁し、お気に召したかどうかうかがわねばなりません」

「そうでしたね。でもきっとご満足いただけるはずですよ」

つまり宮廷画家の雇用主はエルドレッド王で、その意向によっては描き替えもありえるということなのだろう。

「おふたりのご反応で、わたくしめも自信を新たにいたしました。追加の褒美と、次なるご注文も期待できるかもしれませんね」

冗談なのか本気なのか、画家は大胆なことをのたまう。

エリアスは苦笑しながら、

「わたしから口添えをしましょうか？」

「それは心強い。さすがはご高潔なる王太子殿下」

いかにも現金だが、妙に憎めないと感じているのは、エリアスも同様のようだ。

「ではさっそくながら、いまからおつきあい願えますか？　侍従長殿にはすでにお目通りの許可をいただいておりますので」

期待をこめた視線が、自分にも向けられていることに気がついて、ディアナはぎくりとする。

「わたしもですか？」

「さしつかえなければ」

さしつかえならありすぎるが、この流れで断る理由が、とっさには浮かばない。

「たしか姉上は、宮廷にお戻りになられてから、いまだ拝謁を賜られていないとか」

「あ……うん。わたしはしばらく療養に励んでいたし、ちょうど陛下もご体調を崩されてしまわれたから」

「ではご快復の報告を兼ねて、ごあいさつをなされたらいかがでしょう。わたしもこのところはお招きがないので、ともにお加減をうかがえたら嬉しいのですが」

ディアナははっとする。おそらくエリアスは、父王の病状を気にかけているのだ。容態次第では王位継承も近いかもしれないのに、身近な大人たちは本当のことを教えてくれるとはかぎらない。

しかし王太子といえど、呼ばれてもいないのに王の私室に参じるわけにもいかず、このような機会を待っていたのかもしれない。ならば姉として、付き添ってやるべきではないか。アレクシアならきっとそうする。

「では及ばずながら、わたしも同行いたします」

「ありがたき幸せに存じます」

カルヴィーノ師はいそいそと画架をかつぎ、一行は部屋をあとにした。

階段をおり、静まりかえった廊をしばらく進めば、やがて行く手をふさぐ樫の扉が、王の私室であった。

扉を護る衛兵に、ダルトン卿が取り次ぎを求めると、王はいましがたお休みになられたところだと侍従に告げられる。

カルヴィーノ師は肩を落としたものの、

「さようですか。ではいつでもご覧いただけるように、画架ごとこちらでお預かりいただいてもよろしいでしょうか？　いえいえ、お手をわずらわせるには及びません。わたくしめがやりますので、どうぞおかまいなく」

芸術家ならではの気ままさというべきか、とまどう侍従を押しのけるように、ずかずかと王の寝室まで踏みこんでいく怖いもの知らずさには、いっそおそれいる。

すかさずエリアスがあとを追い、我にかえったディアナもそれに続いた。

執務室に、書斎に……幾重もの扉の先に、豪壮な寝台は待ち受けていた。

病人の寝室だ。なまぬるい、よどんだ空気に、ディアナはその匂いを感じとる。それが死臭かどうかまではわからなかったが。

緞帳の奥から、肺のきしむような呼吸音が洩れている。たまらず立ちすくむエリアスの代わりに、ディアナは心を決めて緞帳に手をかけた。

王はたしかに生きていた。けれど眼窩は黒ずみ、浮腫んだかんばせには、まるで生気が感じられない。あたかも霊廟の棺を飾る石像のように、その身体はすでにまだらの黴と苔にむしばまれつつあるかのようだった。

「アレクシアか」

ディアナは息をとめた。

皺に沈んだ瞼がいつのまにか開き、緑柱石の瞳がこちらをみつめている。

とろりと濁った――しかしその奥に収斂する鋭い光にからめとられるように、ディアナはかくりと膝を折った。

「――はい」

けれど王はなにも語らなかった。無言のまま、ひと呼吸ごとに壊れたふいごのような音が激しさを増し、ディアナはいまにも悲鳴をあげそうになる。

「陛下」

たまらず呼びかけると、即座にさえぎられた。

「違う」

ふるえる指先をディアナに向け、

「おまえは」

王は声なき声で糾弾した。

「おまえは――どちらなのだ？」

いつ国王に呼びだされるか。

いつ地下牢に放りこまれるか。

怯(おび)えるディアナをよそに、日々は平穏にすぎていった。

エルドレッド王の問いかけは、なかば夢うつつの譫言(うわごと)だったのだろう。

王はあれきり意識を手放し、おかげでエリアスたちにも異変を悟られずにすんだらしいことは幸いだった。

とはいえ——気になるのは王の真意だ。

あれは成り代わりの断罪ではなく、もうひとりの存在を承知したうえで、ここにいるのがどちらの娘であるかを問いつめるものではなかったか。

王がディアナを知っているとしたら、アシュレイが打ち明けかけた出生の秘密が、ますます真実味を帯びてくる。

もしもこの身にアレクシアと同じ血が流れているとしたら。なぜエルドレッド王はその存在を知りながら公にはせず、自分は鄙びた修道院で育てられていたのだろう。不穏な謎は深まるばかりだ。

グレンスター公はあいかわらず、いかめしい顔であれこれと指図をしてくるだけだ。

その公から許しがでたので、今日はセラフィーナと連れだって、以前から誘われていたトネリコの並木道までやってきた。

トネリコの幹からは白萩の花が枝垂れ、その足許を埋めつくす紫苑の群生が、ふんわりとそよいでいる。淡い紫の花弁の海に、黄の花芯がちりばめられて、まるで夜明けの星空を模した極上の絨毯のようだ。

「もうすっかり満開ですね」

ディアナはうっとりとため息をつき、悩ましい現実をしばし忘れた。

「セラフィーナ従姉(ねえ)さまにお誘いいただかなければ、危うく今年の盛りを見逃してしまうところでした」

「せっかくですので、帰りしなにいくらか摘(つ)んでまいりましょうか」

「そうですね。花瓶(かびん)に活けてエリアスにも届けたら、喜んでくれるかもしれません」

「お優しいのね」

「いえ……」

「ではわたくしは、ウィラードさまにさしあげようかしら」

その名を口にする慕わしげな声色に、ディアナは不安をかきたてられる。

そんなディアナに肩を並べ、セラフィーナはゆるやかに歩を進める。

「わたくしの部屋の紫苑に気がついて、小夜啼城を懐かしんでくださいましたし」

「兄上がですか？」

「ご存じなかったかしら？　ウィラード殿下はご幼少のみぎり、ご生母さまと小夜啼城にお暮らしでいらした時期があるの。陛下も当時は王太子であらせられましたから、陛下なりのお心遣いであったのかもしれませんね」

たしかに王太子の正式な妻でもない愛妾とその息子というのは、宮廷での扱いが微妙なところであろう。ならば辺境の離宮のほうが心安らかに——おたがい揉(も)めごとにわずらわされずに——すごせるという判断もありえる。

「そういえば」

ふと気がついたように、セラフィーナがアレクシアをうかがう。

「小夜啼城にはあなたもご縁がおありでしたね」

「え?」

「お生まれは小夜啼城でいらしたでしょう? メリルローズ妃はご懐妊を機に、陛下のお取り計らいでご静養のために彼の地に移られたと、城の者たちも当時のことを教えてくれましたよ」

おもいがけない事実にディアナは息を呑むが、ここはさすがに知りませんでしたですませるわけにはいかない。

「あ……でもその、あいにくながら、城の様子はあまり記憶になくて」

しどろもどろに弁解すると、セラフィーナはさもおかしそうに眉をあげた。

「あまりもなにも、お生まれになったばかりでは、憶えておいでにないのが当然ですわ。そんなことを気にされるなんて、やはりかわいらしいかたね」

くすくすと笑われて、ディアナもあいまいに口の端をひきつらせる。

まったく……あらゆる意味で心臓に悪い。

「当時のわたくしは五歳でしたけれど、ご静養を終えたメリルローズ妃が、妖精のようにかわいらしい姫君を、大切にともなわれていらしたことが印象に残っています。わたくしがさしだした指を、あなたがふくふくとしたお手で握りかえしてくださって」

それは——まちがいなく乳飲み子のアレクシア王女だ。

ではエルドレッド王の知るもうひとりは、いつどこで生まれたというのだろう。

王太子時代の愛妾ならともかく、すでに即位していたはずのエルドレッド王が、嫡子を身籠った正妃を宮廷から遠ざける——あえてそうしたかのように感じられることが、ディアナの不安を募らせる。

どんなことでもいい。手がかりにつながらないかと、ディアナはなんとか話の接ぎ穂をみつけた。

「そのお城の者たちというのは、キャリントン家の人々のことですか？」

「ええ。幽閉の身となった母とわたくしにも、敬意を持って接してくれました」

ディアナはひそかに感動する。小夜啼城ものの芝居でも、しばしば名のある役柄として登場する一族の末裔が、いまも現実に存在するのだ。

「先祖代々、小夜啼城を守るお役目を負われているのでしたね」

「ときには〝小夜啼鳥〟の命を狩るお役目もね」

さらりと語られる、禍々しい歴史に、ディアナはどきりとする。

「もっともこの百年ほどは、そうしたお務めとも無縁でいられて幸いなことだと、カティア嫗（おうな）もおっしゃっておいででしたけれど」

「カティア嫗」

「エレアノール妃の幼なじみでいらして、ともに宮廷にあがられたかたよ。いまは小夜啼城で余生をすごされているの」

　そのエレアノール妃のように、かつて辺境の要塞城に囚（とら）われた貴人のほとんどは、中央に凱旋（がいせん）するという悲願を叶えることなく、城内で人生の終焉（しゅうえん）を迎えたという。

　城のかたすみには失意のままに生を終えた先人たちの墓が並び、それゆえいつしか孤城の住人は、墓場鳥の異名をもつ小夜啼鳥に譬（たと）えられるようになった。それこそが小夜啼城の名の由来でもある。

　かつては王の勅令（ちょくれい）により、その小夜啼鳥が突然死を迎える——つまりは毒殺されることもままあったという。小夜啼城で伝統的に薬草の栽培が盛んなのは、その毒の研究のためという説もあるくらいだ。

「当代の王が望まれるのであれば、いかに理不尽きわまりない処断であろうと従うのが、小夜啼城を任された者の務め。王の所領である城を守り、王の勅命を守り、沈黙を守る。それがキャリントン家の家訓だとうかがいましたわ」

「沈黙を守る……」

　つまり彼の城には秘密が隠されている。

隠すことが可能だという意味にもなるのではないか。

「そのカティア媼には、出産を控えた母もお世話になったのでしょうか」

「そううかがいましたわ。かなりの御齢ではありますが、昨年までは矍鑠としておられましたよ」

エレアノール妃はアレクシア王女の曾祖母にあたるので、その同年代であればたしかに驚くべき長寿である。

ディアナはふとひらめいて、

「セラフィーナ従姉さまは、小夜啼城と書簡のやりとりなどなさっておいでですか？」

「いいえ。あちらと連絡をとるには、おそらく許可が必要になるのではないかしら。昨年まではわたくしの幽閉先として、監視の対象でもありましたし。なにかお伝えになりたいことでも？」

「いえその、なんだか急に母のことが懐かしまれて。当時のことを、カティア媼に教えていただけたら嬉しいなと……」

するとセラフィーナはしばし考えこみ、

「わたくしが、かつて親しくしていた者たちに近況を知らせるという名目でなら、お許しをいただけるかもしれません。そちらにあなたの私信も同封するというかたちなら、あるいは。ウィラード殿下にうかがってみましょうか？」

「とんでもない！　そこまでしていただくには及びません」

ウィラードの名にうろたえ、ディアナはけんめいに固辞する。

「さようですか？　ではお気が変わりましたら、いつでもお知らせくださいね」

「ありがとうございます。その……兄上はご立腹なのではありませんか？」

おずおずとたずねると、セラフィーナはすぐに察したようだった。

「先日の護衛官殿の件ですか？」

「はい。どうしてもあの者の叛意を信じられず、結果的に兄上の顔を潰すようなふるまいに走ってしまいましたので……」

神妙なディアナを慰撫するように、セラフィーナはほほえんだ。

「殿下はむしろ悔いておいででしたわ。あなたにまで責任が及ぶことを恐れて、捜査から遠ざけていらしたけれど、早急に事件の始末をつけねばと焦るあまり、彼を有罪と決めてかかりすぎていたかもしれないと」

つまりセラフィーナに対しては、そのような殊勝な見解を述べることで、清廉な仮面をかぶり続けているわけだ。

ディアナは白々しさと忌々しさを隠すのに苦労しながら、

「ではガイウスの扱いはどうなるでしょう？」

「謹慎が明けるのを――つまり心身の充分なご快復を待って、あらためて捜査のご協力を仰ぐことになるだろうとうかがいました」

「そうですか」

その捜査とやらの信憑性はともかく、アレクシアが恩赦を与えたガイウスを、ふたたび有罪にしたてあげることだけはできないはずだ。アレクシアの打った布石は、いまもガイウスを護り続けている。

「わたくしも、もっとお力添えができたらよかったのですが」

「そんな。ガイウスとの面会の手筈を整えてくださっただけでも、充分です。アシュレイですら、嫌疑を晴らす方法はないと諦めていたくらいなのですから」

「そういえば彼は、自邸で療養されているとうかがいましたけれど」

「それは……なんというか、わたしが事故に巻きこんでしまって……。でももう日常生活には支障ないようです」

「それはよかったわ。おふたりで窓から転落したとの噂を耳にしたときは、あの古い伝説が現実になったものかと、血の気がひきましたけれど」

「伝説？」

セラフィーナは小首をかしげ、

「昨今の宮廷では、すでに廃れているのかしら。小夜啼鳥が宮廷に帰還すると、かならず複数の人死にがでる――つまり小夜啼鳥は死を招くという呪いですわ」

ディアナはたまらず息を呑んだ。

その呪いがふりかかるとしたら、まさにこの自分なのではないか。大胆にも宮廷で正体を偽っている我が身の危うさこそが、あたかも呪いを裏づけているかのようで、ぞくりとさせられる。

「ごめんなさい。怯えさせてしまったかしら」

「そうではありません」

我にかえったディアナは、急いで首を横にふる。こんな露骨な反応をしたら、あたかもセラフィーナを不吉な存在であると認めたかのようだ。

「ただそんな根も葉もない言い伝えがまかりとおっていたとは、信じられなくて」

「根も葉もないわけではありませんのよ」

「え?」

「一度は幽閉された小夜啼鳥が宮廷に呼び戻されるときとは、すなわち宮廷の勢力図が塗り替えられるときでもありうるのですから、死人もでましょう。もしも粛清の嵐が吹き荒れれば、敗者にとっては疫病よりも恐ろしい死の呪いではないかしら?」

「でもそれを小夜啼鳥のせいにするなんて、無責任な中傷でしかありません」

ディアナが非難をこめると、セラフィーナはふと足をとめた。

「ですがわたくしはこうも思いますの。軽んじられるよりは、恐れられるほうがましかもしれないと」

「……恐れられる？」

こちらをふりむいたセラフィーナのかたわらで、蝶のような白萩が揺れている。

「宮廷に凱旋した小夜啼鳥は、小夜啼城で無念の死を遂げた先人の霊魂を連れているそうですの。その怨念こそが、次々と死を呼びこむのだと。あなたにはお視えになる？」

「ま、まさか」

「それは残念」

セラフィーナがほのかに笑み、ディアナはからかわれていたことを知る。

それでもなぜだろうか、ディアナはふたたび歩きだしたセラフィーナの隣に、すぐには並ぶことができなかった。

芝居の基本は対立だという。

対立――つまりは障害である。

登場人物それぞれの目的が、おたがいの障害として立ちはだかる。そこに生じる激しい感情のぶつかりあいこそが、芝居の求心力となるのだ。

そして障害とは、外のみにあるとはかぎらない。

乗り越えるべき葛藤——内なる敵というものも存在する。

役者はそれを観客に向かって表現する。

舞台に対峙(たいじ)する観客たちを、もうひとりの自分に見立て、我が身を裂くような独白の熱にとりこむのだ。

「そこにいるのは誰？　まさかアデライザ姫の亡霊が？」

エルフリーダ役が、舞台の四隅(すみ)の円柱に、次々と怯えた視線を投げる。

「いいえ。いいえ。あれはただの影法師。わたくしをもてあそぶ、悪戯(いたずら)な西風の仕業(しわざ)にすぎないはず。ああ——西の涯(はて)のかの城で、アデライザ姫が自害なされたとの噂がまことであれば、カシアスさまのご傷心はいかばかりのものか。愛(いと)しいおかたの苦しみは、茨(いばら)の棘(とげ)をだきしめるがごとくに、この胸からも血を流させる。けれど熱くあふれるその血の滴(しずく)こそが、嘘偽りのないわたくしの愛の証であると、この掌に残らず湛(たた)えてあのかたに捧げることができたなら。そう——いまやわたくしは王女。王女エルフリーダなのだから、あの気高き従姉(いとこ)になにを恥じることがありましょう。すぐにもカシアスさまにお会いしなければ。誰か——早く仕度を」

「そこまで」

ぱん——と座長のデュハーストが手を叩き、稽古(けいこ)をとめた。

首の高さにある舞台の隅で、台本の束を広げていたアレクシアも顔をあげる。

それぞれ自分の台詞しか渡されていない役者たちに、場の流れを伝えたり、変更点などを書き留めておくのが、このところのアレクシアの役割であった。

「いいぞ。台詞まわしはなかなかさまになってきた。西の涯のかの城ってところの視線の角度だがな、当日は上階の桟敷席がないから、正面に向けて投げかけてもいいかもしれないな。はるか遠くに離れていながら、その存在感に脅かされずにいられない心境も伝わるように」

「そうでしたね。ちょっと考えてみます」

「よろしくな。しかし気になるのは、影法師の動きのほうだな」

すると円柱の裏から、アデライザ役のリタがひょいと姿をみせる。

黒の紗を半身にかぶり、幻影としてのアデライザを実際に演じてみせるという趣向なのだ。松明や蠟燭がふんだんに灯され、ゆらめく焔に浮かびあがる野外舞台の効果を、絶妙に活かした演出といえる。

「円柱から見え隠れする呼吸がずれてたかしら？」

「そこは完璧だ。移動の流れも自然だし、アデライザの演技としても、それで正解なんだが……」

「ならどこがおかしいの？」

リタが不満げに眉をひそめる。

黒い瞳が印象的な、華やかな美貌が売りなだけに、妙な迫力がある。

もちろん一座の看板を張るだけあって、演技の腕にまちがいはなく、だからこその遠慮のないやりとりに、アレクシアははらはらしてしまう。

しかし座長は慣れたもので、腕を組みながら舞台に近づいてきた。

「いいか、そこに視えているのは現実のアデライザじゃない。エルフリーダの主観を映しだした、心象風景ってやつだ。愛するカシアスを苦もなく虜にするアデライザを、エルフリーダは憎みつつ羨まずにはいられない。そのアデライザから王女の身分を奪い、いわば成り代わったことで、自分もカシアスに愛されるかもしれない。そんな期待と裏表の屈辱が、彼女を苛んでもいるわけだ」

「それでカシアスがあっさり自分になびくような男なら、そもそもお呼びじゃないわけだしね」

「そうだ。叶わないからこそ尊い、愛する男こそが究極の障害という懊悩だな。その化身がアデライザの幻となって、エルフリーダを惑わせているんだ。だから紗をこう、あえて煽るようにひらめかせてだな……」

「こんな感じ？」

リタが踊り子のように、煽情的なまなざしを投げながら身をひるがえす。

「やりすぎやりすぎ。それじゃあ、もはや誰だかわからんよ。あくまでアデライザらしい上品さは残さないと」

「下品で悪かったわね。ちょっとやってみただけよ」

リタはむっとしつつ顔を赤らめるが、すぐに試行錯誤にかかる。

「でもあんまり勢いをつけると、紗がずり落ちてくるから難しいのよね」

「めだたないように、ピンで留めてみるのはどうでしょう？」

アレクシアが助言をしてみると、リタはうなずいた。

「それはいいかもね。あとで手伝ってくれる？」

「もちろんです」

「まあまあ。なんて素直なかわいい子なの。お姉さんが食べちゃいたいくらい」

「え？　どこをですか？」

「リタ！　田舎育ちの坊やを弄ぶんじゃない」

「はあい」

リタがぺろりと舌をだし、待機していた役者陣からも笑いがあがる。

どうやらからかわれていたらしいと、アレクシアも察した。

市井の言葉は難しくて、なかなか理解が追いつかない。

座長はアレクシアの台本をばさばさと漁りながら、

「よし。それじゃあ、ここにいる面子で続きをやるぞ。第三幕の第二場だ。みんな舞台にあがれ」

そう声をかけると、アレクシアをふりむいた。

「アレク。そういえばきみに頼まれてほしいことがあったんだ」

「なんでしょう」

「舞台衣装の担当がな、手持ちの糸が足りなくなったんで、行きつけの店でそろえてきてほしいそうなんだ。細かな指定はここに書いてあるから」

座長は折りたたんだ紙切れをさしだした。

「これを店の者に渡して、品を受け取ってきてもらえるか？　うちの名をだせば、つけがきくはずだから」

「え……と」

アレクシアが即答をためらうと、

「そうか。きみはまだ王都に不慣れだったな。だったらノアを連れていくといい。あの子なら、もう何度か対岸まで遣いにでたことがあるはずだから」

リーランドに相談したいところだが、あいにく今日も舞台の設営のために王宮にでかけている。しかしここでかたくなに拒否するのも不自然だし、あえて王宮界隈に足を向けるわけでもないのだから、リーランドも危険はないと判断するのではないか。

「わかりました。ではいまからノアとでかけてきます」

「あれこれ雑用を押しつけて悪いな」

座長は幾枚かの銀貨をアレクシアに渡した。

「渡し船の料金と駄賃だ。大舞台が近づいて、みんなぴりぴりしだしてるからな。息抜きに露店で菓子でもみつくろってくるといい」

アレクシアは目を丸くし、手のひらで鈍く光る銀貨をみつめた。


《天空座(てんくう)》のそばの桟橋(さんばし)から、アレクシアたちは渡し船で対岸に向かった。

近くの橋までもかなり距離があるので、これが安くて早い方法なのだという。

芝居の上演前後は船頭たちが客をあてこみ、群がる船で水面(みなも)が隠れるほどに、船着き場がごったがえすそうだ。

「あっというまに渡り終えてしまったな」

対岸にたどりつくと、アレクシアは興奮の面持(おもも)ちで《天空座》をふりむいた。

現在は芝居がかかっていないので、屋根の旗はおろされているが、漆喰(しっくい)塗りの円形劇場は、教会の塔にも負けない存在感を放っている。

ここから先は、店までの道を知っているというノアの案内だ。

「ひょっとして姫さまは、渡し船に乗るのは今日が初めてなのか？」

「うん。危ないからと、お忍びでもガイウスが許してくれなかったからな。いささか揺れるが、すいすいと帆船をかいくぐるのは爽快な気分だな」

「それはおれも同感だけど、まさか町で買いものしたこともないとか？」

「そんなことはない」

「自分で金を払ったことは？」

「……………ないかな」

ノアはしみじみとため息をついた。

「姫さまが姫さまなのは、本当に本当だったんだな」

「いままで疑っていたのか？」

「そうじゃないけどさあ。あ、いまのうちに忠告しとくけど、姫さまは絶対に相手の言い値のまま支払っちゃだめだからな」

「そういうものなのか？」

「吹っかけやすそうな奴からは、容赦なくむしりとるのがランドール商人の心得なんだから、十分の一まで値切るつもりでいないと」

「肝に銘じておこう」

アレクシアにはそれが誇張なのかどうかもわからないが、ノアは着々と大都会の暮らしに順応しているようで、驚かされるばかりである。

ふたりは河沿いを離れ、小売店の並ぶにぎやかな街路にやってきた。

靴屋があれば、革細工や金属細工の店もあり、美しい反物（たんもの）をそろえた織物商の隣に、糸を扱う目的の店があった。

わずかずつ染料の色味の異なる糸束が、幾段もの棚にそろえられているさまは、まるで空にかける虹の素材をすべてかき集めてきたかのようだ。

店内はさまざまな身なりの女性客で混雑していたが、渡した覚え書きのおかげで、滞（とどこお）りなく商品を受け取ることができた。

「シャノンたちは元気にしているだろうか……」

手巾（しゅきん）につつんだ糸束をかかえ、ふたたび来た道を戻りながら、アーデンの織物商で働く三人のことを想う。

みずからの意志でもって、人生を切り拓（ひら）いてゆく友人たちに比べて自分ときたら、おのれが何者であるべきかもわからず、ただたちすくんでいるばかりだ。

必要とされてもいなければ、向いてもいないのに、ここにきて王女であろうと固執するのはいかにも見苦しく、滑稽（こっけい）ではないのか。

しかしディアナが望むのなら、成り代わりもこの世の理（ことわり）に準ずるかのごとく考えることも、きっと身勝手な逃げでしかないのだろう。

王女の身分から追い落とされたアデライザ姫。
幽囚の身となった彼女の心を支えるのは、相思相愛の想い人カシアスだ。
王弟エグバートによる王位の簒奪さえなければ、アデライザはいずれカシアスに降嫁することも決まっていた。その恋人をなんとか救いだそうと、カシアスは伝令鳩を頼りに命がけのやりとりを続ける。

その執念を、アデライザは嬉しく感じつつ、不安をおぼえずにはいられない。

カシアスは武官らしい一途さで、過去の約束に殉じようとしているのではないか。文面からにじみでる必死さは、むしろすでにどこかで醒めている愛を認めがたいからではないのかと。

疑惑の苦しみと、それでもカシアスの幸福を願う愛ゆえに、アデライザはその愛がすでに消え失せたと、一度はカシアスに告げるのだ。

——小夜啼鳥は、死者の嘆きを歌うがふさわしい。そうですとも、わたくしの愛はすでに死にました。ですからあなたさま、勇猛の将としてその名を轟かせるあなたさまでありましても、冷たく朽ちた愛の骸をその腕にいだく勇気がおありでないなら、さあ、輝かしき栄光の翼を手折られぬうちに、天馬のごとくに駈け去られるとよろしい。

愛する者を危険な企みにこれ以上かかわらせてはならないと、アデライザはかぎりない祝福として、カシアスに自由を与えようと試みる。

護りたいがゆえに遠ざける。

そんな愛のかたちもあるのだ。

「姫さまは市場の露店をひやかしたことはあるか？」

ノアに問われて、アレクシアは我にかえる。

「外からのぞいたことだけなら」

「じゃあ寄ってみるか。このすぐ裏手にあるからさ」

「それならぜひにも」

ノアに続くにつれ、風に吹かれた市のにぎわいが、五感をくすぐりだす。

みずみずしい柑橘や、つんと脳を刺激する香味野菜、おそらくは魚介の放つ潮の香りも混然一体となって押し寄せて、めまいがしそうだ。

手提げ籠や荷車に売りものを積んだ、呼び売りの姿も増えてきた。

「アーデンの町にも、あちこちに呼び売り商人がいたよ。食べものだけじゃない。薪の束とか、火を売る商売もあるんだ」

「火を売る？」

「いちいち火口箱で火を熾すのは面倒だろ？」

「なるほど」

「それにあいつは煙突掃除人だな」

ノアが通りすがりに視線を投げたのは、六歳ほどの痩せこけた少年である。

麻袋と刷子のかたわらに座りこみ、煤に汚れきった姿は、あたかも身の裡から暗い影が浸みだしてきているかのようだった。

「あんなちいさな子が？」

「ちびじゃないと、煙突の先まで潜りこんで、溜まった煤を払い落とせないからな」

「だが危険な仕事ではないのか？」

「だからよほどはしこい奴でも、いつかは足を滑らせるか、窒息するか、肺をやられて死ぬ。それでもなんとか生き残った奴が、次の親方になるのさ」

「……むごいな」

足許に目を落としたノアが、小石を蹴りながら語りだす。

「おれは五歳のときに親が死んでさ、よく知らない親戚から煙突掃除人の親方に弟子入りさせられそうになったんだ。徒弟なんていっても、死ぬまで働かされる奴隷みたいなもんだから、連中に灰をぶっかけて裸足で逃げだしてきた」

「それは勇ましい」

「だろ？」

ノアは得意げに口の端をあげてみせる。

「で、アーデンまでたどりついて、リーランドに拾われた。あいつが恩人なんて、おれの生涯の汚点だけどな」

ノアは軽口めかすが、その言葉はずしりとアレクシアの胸に沈みこむ。

ノアの捨て身の勇気と、リーランドの優しさがなければ、いまごろノアは幼い労働力として使い潰され、すでにこの世を去っていたかもしれないのだ。

もはや言葉にならず、アレクシアが黙然と歩を進めていたときだった。

人波でごったがえす市場の、馬車溜まりのかたすみにかすかな既視感をおぼえ、アレクシアは足をとめる。

そこにつながれていたのは、黒鹿毛の馬だった。他の馬に比べ、図抜けて堂々とした体軀の駿馬。その鼻筋に走る流星が、ガイウスの愛馬にそっくりだったのだ。

気がつけば、アレクシアの足はそちらに向かっていた。

「おまえ……セルキスか？」

おそるおそる呼びかけると、ぴくりと馬の耳が反応した。穏やかな濃茶の瞳がこちらの姿をとらえ、ゆるりと鼻先をのばしてくる。

「やはりそうか！　わたしがわかるのだな」

よしよしと鼻をなでてやりながら、アレクシアはぎこちなく左右をうかがう。

「おまえのご主人が、ここにいるのか？」

ガイウスが謹慎を解かれたという噂はまだない。だが愛馬とともに、彼が市をおとずれている可能性に、アレクシアの鼓動は激しく乱れる。

いますぐにもガイウスに会いたい。しかし再会を望まぬガイウスには会いたくない。

ひき裂かれる想いに耐えられず、踵をかえそうとしたとき、

「どうしたの？」

横あいから声をかけられて、アレクシアは息を呑んだ。

そこにいたのはアレクシアと同世代の、活発そうな少女だった。

明るい栗色の髪をひとつにくくり、しなやかな瘦身を旅装につつんでいる。

「……ひょっとして馬泥棒？」

「それは誤解だ！」

不審げなまなざしを浴びて、アレクシアはあたふたと弁解した。

「あまりに素晴らしい馬だから、つい近くでながめたくなってしまって。この馬はあなたの馬？」

「そうよ。キアランと呼んでるわ」

「キアラン」

そうつぶやくとともに、胸にたちこめたのは失望だろうか、安堵だろうか。結局はもの言わぬ馬の些細なしぐさから、おのれの執心を読み取ったにすぎなかったのだ。

アレクシアは泣きたくなるのをこらえて、なんとか笑みをつくった。

「邪魔をして悪かった」

アレクシアは娘に背を向けた。急いでノアの姿を捜すと、

「おうい！　こっちこっち！」

露店の列を挟んだ先で、飛び跳ねながら手をふっている。

アレクシアは手をあげかえし、小走りでそちらに向かおうとした——はずが、いきなり誰かに腕をつかまれてよろめいた。がくんとうしろに倒れこんだのは、見知らぬ青年の胸である。

二十歳(はたち)ほどの赤毛の青年に、

「おまえ、その面(つら)はひょっとして——」

至近からのぞきこまれて、アレクシアは身をこわばらせた。

まさかグレンスターの手の者か。

「手を放せ！」

アレクシアはもがいた。

「待て待て、おちつけって。おれを忘れたのか、ディアナ？」

「……え？」

おもわず動きをとめると、青年はにやりと確信の笑みを深めた。

「やっぱりディアナじゃないか。おれだよ、掏摸(すり)の天才《六本指のダネル》さまさ。ウェ

イド親方のところで、何年もいっしょに暮らした仲じゃないか。男の格好なんぞしてどうした？　盗賊の愛人にでもなって、しばらく監獄にでもぶちこまれてたか？」

滔々とまくしたてられ、アレクシアは唖然としつつも状況を理解する。

おそらくこの青年は、ディアナが王都の《奇跡の小路》で生きていた時代の、昔なじみなのだ。そしておよそ六年ぶりに、ディアナと再会したと思いこんでいる。

「しかしずいぶんと垢抜けて、そそる女になったじゃないか」

無遠慮に髪をなでられ、アレクシアはぞわりとして身をよじる。

「……人違いだ。おまえのことなど知らないし、そもそもわたしは男だ」

「おいおい。そりゃあ、いくらなんでも無理があるぜ」

ダネルとやらは相手にせず笑い飛ばす。

「こんなにお綺麗な男が、この世にいてたまるかよ」

「どうとでも。悪いが先を急ぐので、これで失礼する」

「つれないな。ウェイド親方のところに顔をださないのか」

アレクシアは肩をすくめ、腕をふりほどく。

そして一刻も早く立ち去ろうとした次の瞬間、背後からのびた手に口を塞がれ、羽交い絞めにされて、露店の陳列台の陰にひきずりこまれた。

「そうはいくかよ。このあばずれ」

「ん……んんっ！」

「おまえが逃げだしたせいで、あのあとおれたちがどんなひどい目に遭わされたか。ようやく落としまえをつけてもらうときがきたぜ」

アレクシアは必死で暴れるが、息ができずに朦朧としてくる。

やがて手巾を取り落とし、美しい糸束が濡れた石畳に散った。

「兄上にお知らせがあります」

ルーファスがなにやら解せぬ面持ちで告げる。

ガイウスは寝台に広げていた旅支度の手を休めた。

「妙な顔をしてどうした？」

「じつはあの男が、ふたたび兄上をたずねてまいりまして」

「あの男とは？」

「挙動不審ゆえ、わたしが取り押さえて、空き部屋に放りこんだあの男です」

ガイウスは眉をあげた。

「ロニーのことか」

ロニーはかつて攫(さら)われた妹ティナを救うため、ガイウスの助力を請おうとアンドルーズ邸までやってきた。そしてフォートマスの港町にかけつけたガイウスは、グレンスターの尾行を受けたあげくに投獄されたわけだが、後悔はしていない。結果としてティナは助けだせたし、グレンスターの思惑も把握することができた。

「それが今回は、妹らしい娘も連れているのです」

「兄妹(きょうだい)そろってだと？」

これにはさすがに驚かされた。あの兄妹はいったい王都でなにをしているのだ。

「はい。屋敷から離れた街路で、ひとめを忍ぶように声をかけてまいりまして、兄上からお預かりした馬たちを、王都まで連れてきたというのです。見ればたしかにうちの馬を曳(ひ)いていて、一頭は兄上の――」

ガイウスは息を呑んだ。

「セルキスか？」

「はい。わたしのことも憶えていたので、まちがいないかと」

「ではいままで彼らが世話をしてくれていたのか」

フォートマスの町でグレンスターの私兵に拘束(こうそく)されたとき、愛馬セルキスは捨てざるを得なかった。並外れて優れた馬であるのは一目瞭然なので、新たな持ち主にも大切にしてもらえるだろうことを慰(なぐさ)めにしていたのだが、ロニーに貸した馬ともども面倒をみてくれていたらしい。

「念のためにうかがいますが、やはりあの栗色の髪の娘と、よんどころない仲になったというわけでは……」

ガイウスは憮然とする。

「断じて違う」

「ならよいのです」

ルーファスは家令じみた慇懃さで、書簡をさしだした。

「兄のほうから預かってまいりました。詳しくはそこに説明があるそうですが、どこかの商会の宿舎に身を寄せる予定なので、連絡を取りたいときはいつでもそちらに寄越していただければと」

「きっと《メルヴィル商会》だな」

ガイウスはさっそく書簡に目を走らせた。

やはりグレンスターの私兵に連れ去られるガイウスの様子を、兄妹は遠くから目撃していたらしい。その尋常でない状況と、ガイウスが王女を捜索していたらしいこと、そして商会の支店にも流れてくる王都の情報などから、このまま黙ってやりすごすわけにはいかないと決意したようだ。

グレンスターの策謀に、兄妹を巻きこみたくはなかった。しかしいままさに自分が王都を離れようというときに、自由に動ける援護を得られることはありがたい。もしものときには、アレクシアの助けになってくれるかもしれない。

「旅の供がセルキスなら、いざというときも心強いな」

「やはりしばらく王都を留守にされるのですか？」

ルーファスが寝台の旅支度に目を向ける。

ガイウスはうなずいた。

「数日内に発つつもりでいたところだ」

「旅程はいかほどですか？」

「それは……なんともいえないな」

ひたすら先を急ぎながら、永久に目的地にたどりつかないことをも望む。

そんな旅路となりそうだった。

気がつくと、鼠(ねずみ)の群れのような子どもたちに取りかこまれていた。
床に横たわるアレクシアの髪をひっぱったり、手足をつついたり、ものめずらしげな対の瞳が数えきれないほど、じーっとこちらをみつめている。

驚いて身じろぎすると、

「生きてた！」

「死んでなかった！」

飛びのいた子どもたちが、息をひそめて様子をうかがっている。その顔がひとつ残らず痩せこけていることに、アレクシアは胸をつかれた。

そろそろと板壁を背に座りなおし、狭い部屋に視線をめぐらせる。半地下なのか、壁の天井すれすれに空気穴のような窓があるきりの暗い室内に、十人ほどの子どもたちが詰めこまれていた。

「ここは？」

「おれたちの部屋」

「寝台……寝床はないのか？」

「あれだよ」

ひとりが指さしたのは、穴だらけの頭陀袋の山だった。あれをかけるか、潜りこむかして、毛布の代わりにしろというのだろうか。

「親方があんたは悪い奴だって」

「ダネルが裏切り者だって」

「それは……」

ディアナに向けられた非難がアレクシアの胸をきしませる。しかしここから逃げることは罪ではないはずだと、今この子たちに訴えたところでどうなるだろう。

「懐かしき我が家の居心地はどうだ？」

からかう声にふりむけば、扉口にダネルの姿があった。

ふとその足許に目を向け、アレクシアは気がついた。五、六歳ほどの少年が、さきほどからひとりだけ、ぐったりと横になったまま動かない。

「その子はどうした？　どこか悪いのではないか？」

「ああ、そいつなら肺をやられてるからもうだめだ。どうせ助からないから、放っておくしかない」

「な……」

あまりの言い草に、アレクシアはおもわず腰をあげた。

「仮にそうだとしたって、なにかできることがあるだろう。あたたかな毛布にくるんでやるとか、滋養のあるものを食べさせてやるとか」

「それで何日か長生きさせたところで、なんになる？　稼げもしない奴にかけてやる金はないんだよ。いいからさっさとこっちに来い。おまえたちはもう寝ろよ」

乱暴に命じたダネルに腕をつかまれ、アレクシアはひきずられるように、傷んできしむ床板を歩きだした。

「そなたは自分が稼げないときも、同じことを言えるのか」

「おれはそんな下手は踏まない」

「指が六本あるからか？」

「七本かもしれないぜ」

「え？」

驚くアレクシアの鼻先で、ダネルは片手をひらめかせる。

そこに指は五本しかない。

「視えない指が余計にあるくらい、おれの掏摸の腕は図抜けてるってことさ。まさか本当に六本あると信じてたのか？　冷めた面して、おまえも年相応の子どもだったんだな」

その口調にふと、年下の少女を可愛がる少年の意識が交錯した気がして、アレクシアは咄嗟の反応ができなくなる。

「……それだけの器用さを、他の職業に活かす気はないのか」

「ないね。いまさらそんな真似ができるかよ」

「いずれ絞首台送りになるぞ」

「それがおれの生きかただ。いざとなれば潔くお縄にかかるさ。みっともなく命乞いなんぞしてやるもんか」

ダネルは威勢よく吹かしながら、たどりついた部屋にアレクシアを押しこんだ。

「連れてきたぜ、ウェイド親方」

卓には今日のあがりだろうか、硬貨や金目の品々が山と積まれている。

その奥に座る、餓えた熊のような髭面の男が、どろりと血走った眼をあげた。

いまや老年にさしかかりつつあるが、その剣呑なたたずまいには、子どもならひと睨みでふるえあがってしまうような迫力がある。

「久しぶりだなあ、ディアナ。かわいいおまえと再会できて嬉しいよ」

「最高の土産だろ？」

ダネルもにやりと笑い、杯に注いだ葡萄酒を美味そうに飲みくだす。

アレクシアはこみあげる怒りをこらえ、ウェイドに向きなおった。

「そなたはまたわたしを娼館に売ろうというのか」

「おれはただ貸しを取りかえしたいだけさ」

「貸し？」

「行き倒れのおまえを拾って、何年も大切に育ててやるために費やした大金さ。そいつを回収しようと、願っても叶わないような働き口を斡旋してやったっていうのに、おまえがなにもかもぶち壊して逃げやがったんだからな！」

ウェイドが拳を卓に叩きつけ、崩れた硬貨が床に散った。

しかしアレクシアはひるまなかった。ただただ憎しみが燃えさかり、その劫火で相手を焼きつくしてしまいたいほどだった。

「いくらだ」

「なに？」

「そのときいくらでわたしを売ろうとした」

ウェイドがいぶかしげに目をすがめ、

「三千……いや、五千エルだ」

とっさの計算を働かせたのか、額を上乗せしてみせる。おそらく実際のところは三千での契約が成立していたのだろう。もはや怒りを越えて、アレクシアは崩れ落ちそうになる身体を、なんとか支えることしかできない。

「そんなはした金のために、まだ十一歳の少女の命を削らせようとしたのか」

「聞いたか？　こいつめ、五千エルをはした金と抜かしやがった。知らぬまにずいぶんなご身分になったものだな」

ウェイドはせせら笑い、一転してうなるように凄んだ。

「だったらすぐにも、利子まできっちりそろえて払ってもらおうか。なあに、おまえならその顔と身体でまだまだ稼げるさ」

すると勢いよく杯を空けたダネルが、

「けど今夜にも売り飛ばしちまうつもりじゃないんだろ？　だったらおれの好きにしても

いいよな？」

　さすがのアレクシアにも、この状況での「好きにする」がなにを意味するかはわかる。

　そのまま部屋を連れだされそうになり、

「わたしは純潔だ！　疵をつけるとせっかくの売り値がさがるぞ」

　恥じらいも捨てて訴えるが、もはやウェイドはうるさげに追い払うのみだった。身の代に対する執着よりも、かつて顔を潰したディアナを苦しめられるのなら、どんな方法でもかまわないのかもしれない。

　ダネルにひきずられながら、アレクシアは必死で抵抗する。それでも男の力にはかなわず、絶望しかけたときだ。

　鋭い呼子笛と叫び声が、たて続けにあちこちの窓から飛びこんできた。

「人殺し！　人殺しだ！」

「貴族殺しの殺人者が逃げこんだぞ！」

　とたんにダネルが顔色を変えた。

「まずい。警邏隊の手入れだ」

　ウェイドも部屋から飛びだしてくるなり、

「おい。もたもたしないでとっととずらかれ！　いつものところで落ちあうぞ」

　逃走路とおぼしき、通路の先の暗がりに走りこんでいく。

ダネルも弾かれたように、アレクシアの腕をひいた。

「捕まりたくなきゃ、おまえも早く来い」

おもわずその勢いに従いかけると、

「姫さま！」

耳慣れた少年の声に呼びとめられて、アレクシアは息を呑む。

「ノア！」

ふりかえると、たしかに窓からこちらに踏みこむノアの姿があり、そのうしろからリーランドもかけつけてくる。

「ふたりとも、どうしてここが……」

「姫さまがいなくなったとき、ディアナを呼ぶ声が聞こえた気がしたからさ、糸束も散らかってたし、ひょっとしたらディアナとまちがわれて、昔の住み処に無理やり連れていかれたんじゃないかって、一座に取ってかえしてリーランドに相談したんだよ」

リーランドも息をきらせながら、

「《奇跡の小路》は警邏もうかつに手がだせない無法地帯だが、外から重犯罪者が逃げこんだときは話が別だ。そうなればここにいるのは、うしろ暗いところのある輩ばかりだからな。面倒を避けるために、取るものもとりあえず逃げだすとみたのさ」

「ではふたりだけで乗りこんできたのか？」

「じつはもうひとり」

アレクシアははっとして、リーランドの視線を追う。

しかしそこにいたのは、予想とは異なる人物だった。

「座長？」

「いやはや、最初からきみが女の子だと教えてくれていれば、おれももっと気を遣ったんだがな」

なじるくちぶりではあるものの、性別を偽ったことに憤慨してはいないようだ。どこまでかはわからないが、リーランドは座長に事情を打ち明けて、協力を仰いだらしい。

しかし怒りをあらわにしている者なら、ひとりいた。

「それならおまえらが警邏隊ってのは狂言か」

憤（いきどお）るダネルの正面に、座長がにこやかに進みでる。

「だがさまになっていただろう？　こちとら芝居の腕で食ってる人間なんでね」

そう述べるなり、繰（く）りだした拳でダネルの顎（あご）を殴りつける。ダネルは悲鳴をあげるまもなく、くたくたと床に倒れこんでしまった。

座長が深々と一礼する。

「お楽しみの乱闘劇も、これにて閉幕で御座候（ござそうろう）」

四人は急いで河畔に向かった。

ふたりずつ渡し船に乗りこみ、桟橋から充分に離れてようやく息をつく。

「今回はノアのお手柄だったな」

リーランドがしみじみとこぼし、アレクシアも深く同意する。

「かけつけてくれてありがとう。今度ばかりはもうだめかと絶望しかけた」

その原因は自分にもある。ディアナのことで頭に血がのぼり、窮地を切り抜けるために手をつくすという冷静さが欠けていたのだ。

「まだ手がふるえているな。大丈夫か？」

リーランドに気遣われ、淡い月光にかざした片手は、たしかにかたかたとふるえ続けていた。そうと認識して、ふたたび吐き気のような恐怖がこみあげる。

「おれが姫さまの恋人なら、すぐにもその手を握りしめてやるんだが、そうもいかないからなあ」

蒼ざめた光にさらされた手は、冷たくこわばり、すでに死人のもののようだ。

それを甦らせてくれるたしかな熱を、これほどまでに欲したことはなかった。

淡々と櫓を漕ぐ音が、夜のリール河の波に溶けてゆく。

「ひとつ訊きたいことがあるんだが」

「ん」

「おれたちが助けにかけつけたとき、姫さまは三人めにいったい誰を期待したんだ？」

そう問われたとたん、あふれる想いがつうと頰を伝った。

あのとき——遅れてでもかけつけてくれたのが、ガイウスであればと切望せずにいられなかった。

そうと自覚し、はらはらとこぼれ落ちる涙がとまらなくなる。

やがてリーランドが、ひどく優しくささやいた。

「それがきみの恋さ。きっとな」

王都を発って三日。

ガイウスは街道沿いの宿場町ウォルデンにたどりついた。

このまま街道を進めば、西岸の港町まで丸一日といったところだろう。

聖ギネイラ修道院跡は、その街道から半日ほど南にそれた地にあるようだ。

ガイウスは無理はせずに旅籠（はたご）で一泊し、翌朝を待ってから修道院をめざした。

周辺の村落や領主館について、あらかじめ旅籠で情報を仕入れたので、陽（ひ）が落ちるまでにはなんとかたどりつけるだろう。

警戒していた尾行の影は、いまのところうかがえない。

天候にも恵まれ、ここまではおおむね順調な旅である。

ウォルデンの市には、新鮮な秋の収穫物や家畜のみならず、河伝いに船で運ばれてきたのだろう魚介——鱈や鰊や鰈、穴子や牡蠣なども並び、なかなかのにぎわいだった。

荷駄の群れを縫うように町をでて、田舎道を南に向かう。

やがて荷馬を連れた農夫を追い越しがてら、声をかけてみると、どうやら修道院の近隣の荘園に暮らしているらしい。

ガイウスは愛馬セルキスの歩みをおとして、人の好さそうな男の隣に並んだ。

「へえ。旦那は王都からはるばるお越しで。どうりで垢抜けたおとこまえなわけだ。するとこちらのご領主をおたずねですか?」

「そんなところです」

ガイウスはそういうことにしておいた。どのみち近くの領主館に住まうラングレー家には、顔をだしてみるつもりでいたのである。

「うちの家内も、副業で育てた雛鳥や鵞鳥をお納めしてますがね、いつも金惜しみしないご領主さまで、ありがたいかぎりですよ」

先日は麦の収穫を終え、ねぎらいとして領民たちに食べものや飲みものがふるまわれたばかりだという。

「では教会や修道院への献金にもご熱心なのだろうか」

「そうかがってますよ」

ディランと名乗った男に、ガイウスはなにげなくきりだす。

「修道院といえば十年ほどまえだろうか、ウォルデンの近郊で痛ましい事件があったそうだがご存じか？　たしか盗賊に襲われて、住人が皆殺しにされたとか」

「ああ……あれはひどいものでしたな」

深いため息に、ディランは憤りをにじませる。

「あいつらときたら、罰当たりなことに聖堂にまで火をかけやがって。焼け焦げた大勢の遺体を、あたしらが埋葬したんですよ」

「あいつらというと、目撃者が？」

「怪しい騎馬の一群が、夜中に走り去るのを見かけた村の者もいたそうですが、それきりでさあ。なんせ詳しい訴えのできる生き残りが、ひとりもいなかったんですからね」

「遺体の数が足りないといったことは？」

「はて。顔見知りの子なら幾人かいましたが、正確な数となるとなんとも」

仮にかろうじて生き延びた孤児がいたとしても、土地の者たちが消息を知らないとなると、もはや足跡の追いようもないだろう。

それでもガイウスは、自分の目で惨劇の跡を見届けておきたかった。ガーランドの王家に仕える者として、そうすべきだと。

「その修道院までの道を教えてもらえると、助かるのだが」

「え？　いまはもう荒れ放題で、誰も寄りつかない土地ですよ？」

「ならばなおさら、死者たちに祈りを捧げたい。これもなにかの縁だろうから」

ディランはしみじみとガイウスをながめやり、

「いやはや、旦那の心意気には胸を打たれました。そういうことでしたら、喜んでご案内しましょう。ついでに領主館にもお連れしますよ」

「それはありがたい。のちほど幾許かの礼を――」

「そんなもの要りやしませんて」

「しかし」

「のどかなこの地方も、ここ数年でかなり物騒になってきましたからね。慣れない土地のひとり旅は、なにかと厄介なもんですよ。ここらの者たちから、旦那のほうがならず者の一味かと疑われても、お気の毒ですし」

「なるほど。そういうことなら、甘えさせてもらおう」

たしかに長剣を帯びた他所者が、ひとりで修道院の廃墟をうろついているなど、いかにも怪しい。住人にそうした不安が蔓延しているなら、なおさらラングレー家に取り次いでもらえるのもありがたい。

「しかしウォルデンの町は、そこまで治安が悪いようでもなかったが」

「それでも裏道には、親を亡くした浮浪児たちの姿も増えてきていますよ。もっとひどいのは港町のほうですね。このところの不作と疫病の大流行で、そもそもぎりぎりの暮らしを送ってきた貧しい小作農が、ついに土地を捨てて、食い扶持を稼ぐために大きな都市に流れこんでいるんでさ」

「南部の沿岸も、似たような状況だと聞いたな」

ティナたち兄妹が育ったウィンドロー近郊でも、多くの住人が疫病の犠牲になり、それを機に土地を去る者も多くいるという。

田舎育ちの少年が、十代前半で徒弟として町に移住するという働きかたは、ごく一般的なものだが、流入の勢いがとまらないとなれば、おのずとひずみも生まれる。

「港町なら荷役の需要はあるだろうが、仕事にあぶれる者もでてくるだろうな」

「ええ。なかには身を持ち崩す連中もいて、そうした奴らが徒党を組んでは、隊商の荷や農家の家畜なんぞをごっそり奪って、港を拠点に売りさばいているんですよ」

ガイウスは眉をひそめる。

「ありそうなことだな」

「ラングレーのご領主は、不作に備えた貯えを領民に与えてくださいますが、他所の土地では餓死する者もでてきているようで、そうなるまえにと……」

「娘を売る者もいるか」

「ええ。まったく世も末ってもんです」

そんな土地の呪縛に耐えきれず、逃げだした者たちが、あらたな盗賊となりさがることもあるのだろう。

見放されたと感じた者は自棄になる。

餓えた肉体をかかえ、それでも神にだけは決して見捨てられていないと信じて、自分を保てる者がどれだけいるか。

「ですから夜の街道の旅は、できるだけ避けたほうがよろしいですよ。旦那はいかにも腕がたちそうですが、それでも用心するに越したことはありませんからね」

ガイウスは神妙にうなずいた。

「忠告ありがたくいただこう」


突然の訪問にもかかわらず、ラングレー家の領主館では、幸いにも好意的なもてなしを受けることができた。

ディランの仲介と、王都の聖教会から派遣されてきたという大嘘が効いたようである。

そのディランが辞し、ガイウスはうしろめたさをおぼえつつ、本題を告げる。

「じつは聖ギネイラ修道院の件で、うかがいたいことがありまして」

白髪の交ざる領主夫妻は、五十代にさしかかる齢だろうか。

その物腰の穏やかさや、華美ではないが清潔に整えられた客間からも、信のおけそうな人柄はうかがえた。

「では再建のお話がでているのでしょうか？」

「残念ながらそうではなく……過去の財務収支の記録から気になる点が浮かび、念のための確認ということでまいりました」

「はあ、さようで」

困惑する夫妻をまえに、ガイウスは心苦しさをかみしめる。

先刻おとずれた修道院跡は、やはりすっかり荒れ果てていた。

崩れた石壁に蔦(つた)が這(は)い、遺体を埋葬した菜園には草が生い茂り、墓標とされた木の枝もすでに朽ちて土に還(かえ)っている。しばし瓦礫(がれき)を漁ってみたものの、書類の残骸(ざんがい)すら発見することはできなかった。

唯一の救いは、死者たちの眠りが、心ない生者に妨(さまた)げられてはいないことだろう。しかしかつての活気ある営みを知る夫妻にしてみれば、事実上の解散として処理されたままの廃墟は、きっとわびしいばかりの光景だ。

「ラングレー家では、寄付を欠かされていなかったそうですが」

「ええ。四半期ごとに、まとまった額を寄付しておりました。設備の修繕などに、人手を融通することも」

　修道院では敷地で育てた薬草や蜂蜜（はちみつ）を収入に換え、穀物（こくもつ）や衣料品の購入費に充（あ）てていたという。加えて近隣の住人から善意で届けられる作物や寄付金で、なんとかやりくりしていたようだ。

「十七年まえにかぎって、特に高額を納めたというご記憶は？」

「はて。年によって多少の増減ならありますが……」

　ラングレー氏が首をひねり、ガイウスは問いを変えた。

「ではその時期に、貴人の子女が預けられたお心当たりはないでしょうか？　その養育費として、多額の寄付がなされた可能性は」

「とんでもない。院長は徳のあるおかたでしたが、聖ギネイラは名のある修道院ではありませんからね。養い手のいない貧しい子らに、いずれ町で住みこみの職を得やすいようにと、読み書きを教えてやるのが精一杯ですよ」

　ラングレー氏は笑いながら否定する。

　その隣で奥方がかすかに身じろいだ。

「そういえばあなた」

「うん？」

「その年ならほら、あの嵐の晩にうちをたずねていらした……」

奥方に耳打ちされ、ラングレー氏もはっとする。

ガイウスはすかさずたずねた。

「嵐の晩というのは？」

「いえね、ちょうどその年の春先に、乳飲み子をお連れのうら若い貴婦人が、この領主館をたずねていらしたんです。ぬかるみに馬車の車輪をとられて立往生されているとのことで、雇った馭者以外にお連れもいないようでしたので、一晩お泊めいたしました」

奥方も続ける。

「ひどくお加減が悪そうでいらしたにもかかわらず、先をお急ぎになりたいご様子で。お子さまのためにも嵐が去るのを待たれたほうがよろしいと、ご説得したんです」

「そのお子とは」

「とても美しい女の子でしたわ。まるで祝福の後光がきらめくような金の御髪に、明るく澄んだ緑の瞳をしていて」

ガイウスは息を呑む。

手繰り寄せた手がかりの先が、ついに過去につながりだした。

「ではそのときのお子が、修道院で育てられていたということですか？」

おもわず身を乗りだすと、夫婦はとまどい気味に視線をかわし、うなずいた。

ラングレー氏が説明する。

「院長からはなにもうかがっていませんし、断言はできませんが、のちにそれらしい女の子の姿を見かけて、もしやと……。しかしなぜいまになって、そのような昔のことをおたずねに？」

夫妻がいぶかしがるのも当然である。

ガイウスはより真相に踏みこむべく、虚実とりまぜて語った。

「じつはとある貴人のご落胤（らくいん）が、かつてひそかにこの地方の修道院に託されていたことが明らかになり、ご一族の意向を受けた聖教会が候補を絞りこんだうえで、わたしがこちらに派遣されてまいりました」

「なんと」

「まあ」

驚きのあまり、夫妻はすっかり声をなくしている。

やがて奥方が気の毒そうにつぶやいた。

「たしかにいかにも訳ありという風情でいらしたものね」

「その貴婦人は、ご自分の素姓についてなにか口にされましたか？」

「ええ……いいえ、どうだったかしら？」

名乗っていたとしても、用心として偽りを告げた可能性は高そうだ。

「でもたしか、お子さまの瞳の色は父親似と洩らされておりました。ご自身は煙るような空色の瞳をしていらして、それが楚々とした美貌とあいまって、少々のやつれなど気にならないほどの、なんともいえない気品を感じさせられましたわ」

それはやはり国王の愛妾――アシリング家のリエヌであろうか。

十七年まえの春先にあらわれたという彼女が、もしも産褥が明けるのを待たずにこの地を旅していたとしたら、赤子の生まれ月はアレクシアともほぼかさなる。

なにより気にかかるのは、そのアレクシアが生を受けた小夜啼城が、聖ギネイラ修道院から街道を挟んで、北に馬で一日の距離にあることだ。

これを偶然でかたづけることができるものだろうか。

メリルローズ妃の懐妊とともに宮廷を去ったとされるリエヌは、じつは小夜啼城に滞在することで、宮廷人から身を隠していたのではないか。

そして――いったいなにがあったのか。

真実をつかむには、小夜啼城をめざすしかなさそうだった。

第12章

1

まるであの夜がよみがえったようだ。

焔(ほのお)に浮かびあがる小夜啼(さよなき)塔の影に、ディアナは不穏な感慨をかきたてられる。

燃えさかる聖ギネイラ修道院から、命からがら逃げだしたときも、暗い空に燐光(りんこう)を放つような禍々(まがまが)しくも美しい光景に、おもわず心奪われたものだった。

「いよいよですね」

隣の座席についたエリアスも、興奮をあらわにしている。

ディアナはほほえましく微笑をかえした。

「あまりはしゃぐと、終幕までに疲れきってしまうよ。歴史劇は長丁場だから」

「そうですね。気をつけます」

神妙にうなずくも、その声は変わらず弾んでいる。

客席はすでに埋まり、さきほどディアナを含めた王族一行が、舞台正面の天幕に迎えられたところだ。

今夜の御前公演には、国王エルドレッドをのぞくすべての王族が臨席している。

つまりエリアスとアレクシア、そしてウィラードとセラフィーナの四人だ。

王位継承権をもつ三人が一堂に会しているわけで、おだやかならぬ内情を知るディアナとしては、そわそわせずにいられない。

幸いディアナには端の席があてがわれたので、ウィラードと肩を並べずにすんでほっとすることしきりだ。恩赦(おんしゃ)の件ではからずも喧嘩(けんか)を売ってからというもの、なるべく出歩くことを避けてきたため、気になっていた舞台の設営や下稽古(したげいこ)の様子も、見逃したまま当日を迎えてしまった。

「おふたりとも、よろしければこちらをどうぞ」

後列に控えるアシュレイが、身を乗りだした。さしだされた盆には、湯気をたてる杯が並んでいる。

彼は数日まえに、宮廷に復帰したばかりだった。

「肉桂(シナモン)とラムで風味づけをした卵酒です。じきに冷えてまいりましょうから、いまのうちにお身体(からだ)をあたためておかれたほうが」

「ありがとう」

ディアナは両手に杯を受け取りながら、

「けれどそういうあなたこそ、冷えがつながりかけの肋骨(ろっこつ)にさわるのでは？　無理はせずに、部屋で休んでいたほうが……」

「座っているだけなら、どこも痛みませんから。それに今夜の公演は、わたしも楽しみにしておりましたので」

ひとめがあるので慇懃(いんぎん)な言葉遣いだが、同席を喜んでいることに偽(いつわ)りはないのかもしれない。嬉(うれ)しそうに笑いかけられ、ディアナはぎこちなく目を伏せた。

やはり記憶の一部に欠損があるのか、アシュレイが自分からあの話題をふってくることはなかった。

しかしこちらから問いつめたところで、ディアナはもはやアシュレイの説明を鵜呑(うの)みにできる気がしなかった。

エルドレッド王はもうひとりのアレクシアの存在を知っていた。

それでいてグレンスターは、ディアナを代役に据(す)えたことを、全力で秘している。そこにはアレクシアが生死不明であること以上に、ディアナを宮廷に呼びこんだ事実そのものを隠匿(いんとく)せねばならない理由があるのではないか。

いったい自分は何者なのか。

その問いかけは、はからずも今宵『王女アデライザ』で演じられる、エルフリーダ役の心境とかさなる。

——カシアスさまがほほえみかけてくださる。けれどそのまなざしは、愛しいあのかたに捧げられたものではないのかしら？　わたくしの姿から、アデライザ姫の面影を残らずかき集めた、儚い影法師に。では影を奪われたわたくしには、いったいなにが残るというのでしょう。わたくしは誰？　わたくしは……。

そして反逆者の娘という境遇は、セラフィーナとも響きあう。

ディアナは杯で両手をあたためつつ、ウィラードに寄り添う彼女をうかがった。

長らく宮廷から追放されていた彼女が、ウィラードの庇護のもとに、いまふたたび公に姿をみせた。そう宮廷内外の人々に知らしめたことが、今後どのような影響を及ぼすものか。その効果を、ウィラードが計算していないはずがない。

水面下の思惑を想像し、ディアナはぞくりとする。

そんなディアナに、エリアスが注意をうながした。

「姉上。アリンガム伯がごあいさつにいらしていますよ」

目をあげると、宮廷貴族らしい壮年の男が、うやうやしく腰を折っていた。

「このたびは我が《アリンガム伯一座》に晴れの舞台をお与えいただき、まことにありがたき幸せに存じます。座長のデュハーストをはじめ、才能あふれる役者たちが、見巧者であらせられる皆々さまをおもてなしするべく、稽古に励んでまいりました。今宵はぜひともランドール演劇界のあらたな息吹を感じていただければと……」

　熱弁をふるうアリンガム伯からふと視線を流すと、かたわらに子役らしい少年がふたり控えている。

　小姓役のお仕着せだろうか、きらびやかな衣裳に身をつつみ、それぞれ花束を手にした彼らは、ちょうど《白鳥座》のノアとも同じ年ごろで、特に鳶色の髪の子のほうはノアによく似ていた。ほとんど本人と見紛うばかりに……。

　すると当の少年がぱちりと片目をつむってみせ、ディアナは危うく杯を取り落としそうになった。

「――っ！」

　なぜこんなところにノアがいるのだ。

　もはや悲鳴をあげなかったのが奇跡である。

　ノアは確実にこちらの正体を知っている。とすると〝極秘のおつとめ〟からいつまでも解放されないディアナの身を案じた座長が、ノアを《アリンガム伯一座》に潜りこませるというかたちで、接触を試みようとしたのだろうか。

　めまぐるしく考えているうちに、アリンガム伯が話を締めくくった。

「ではささやかではありますが、ご臨席をいただきました感謝の印といたしまして、一座の期待の星より、麗しきおふたりの姫君に花束をお贈りいたします」

ウィラードが鷹揚に笑う。

「これはまたずいぶんな若手だな」

「はい。次世代を担うこの者たちが、いつか主役を張る日まで、どうぞよろしくご贔屓をいただけますよう」

「憶えておこう」

伯にうながされた少年たちが、それぞれに足を踏みだした。

ディアナに相対したのは、もちろんノアのほうである。とっさには動けぬうちに花束を押しつけられ、ディアナはそれを胸にだきとめていた。黙りこくっているのも不自然なので、なんとか言葉をひねりだす。

「ありがとう。そなたも今宵の舞台には乗るのか？」

「はい。出番はほんのわずかですが、ぜひご注目ください」

念を押すように花束を一瞥すると、ノアは伯とともに天幕をあとにした。

ディアナはひと呼吸おいて、はたと花束に目を向ける。暗くて目を凝らさないとわからないが、かさなる葉の陰に、折りたたんだ紙切れが挟みこまれている。花の香りを嗅ぐふりをしながら、ディアナはすばやく紙を抜き取り、伝言を確認した。

――第四幕第三場。舞台裏の城壁内にて待つ。おひとりで来られたし。

ディアナはこくりと唾（つば）を呑みくだす。

それは忘れもしない、リーランドの筆跡だった。

ではノアだけでなく、リーランドも一座に加わって、ここにいるのか。

予想だにしない行動力に呆気（あっけ）にとられ、自分でも泣きたいのか笑いたいのか、胸を荒れ狂う熱い波に、ひたすら翻弄（ほんろう）される。

誰も彼も真の味方とはいえない状況で、自分はずっと孤独な闘いを続けているつもりでいたが、仲間たちから忘れられてはいなかったのだ。

ともあれ――なんとかしてこの天幕から、ひとりで脱けださなければならない。

しかしすぐにそれがかなりの難題であることに気がついて、途方に暮れる。

落ちあう旧城壁までは、たいした距離でないだけに、もどかしい。

エリアスが怪訝（けげん）そうにたずねた。

「いかがなされましたか？」

「なんでも……」

とっさにはぐらかそうとして、ディアナは考えなおす。

地下牢（ろう）で対面したガイウスは、いざというときはエリアスが誰よりも力になってくれるはずだと告げたのだ。

ディアナはエリアスの耳許でささやいた。

「じつは大切な用事を思いだして、どうしたら上演中にしばらく中座できるかと考えていたんだ」

「おひとりでということですか？」

エリアスもひそひそと訊きかえす。

「そう。誰にも行き先を知らせずに、出向きたい場所があって」

「殿方と密会でもなさるおつもりですか？」

ディアナはぎょっとして目を泳がせた。

王太子らしからぬあけすけな……しかしいかにも宮廷人らしい発想で、状況だけみればほぼ的を射ているところが恐ろしい。

「う……うん。近いといえば近いかな」

「それが護衛つきでは、たしかに困ってしまいますね」

「ちょっとね」

するとエリアスは神妙にうなずき、

「わかりました。ではわたしがアシュレイを足どめいたします」

「でもどのように？」

「お耳を拝借できますか？」

ディアナはすかさず、ぴたりとエリアスに身を寄せる。

「お芝居が始まったら、姉上のご指示にあわせて、わたしが体調を崩したふりをするのです。いくらか寒気がするといった、あくまでも軽い症状です。そこで念のためにウォレス医師を呼んでくださるよう、姉上からアシュレイに頼んでいただくというのは？　護衛のダルトン卿はわたしのそばを離れたがらないでしょうから、代わりにアシュレイにお願いするのは、不自然なことではないはずです」

「なるほど。アシュレイが天幕を離れた隙に、わたしも席をはずせばいいのか」

「そして知らぬまにお姿が消えていたということにすれば……」

行方の見当もつかなければ、エリアスが面と向かって非難されることもない。

「すごい。賢いな」

「おそれいります」

エリアスがはにかむように笑う。

ディアナはその手にみずからの手をかさね、

「では今宵はわたしたちも、名役者となって芝居を打つことにしよう」

「わくわくしますね」

ふたりは共犯者のまなざしをかわしあう。

第四幕といえば、おそらくは終盤の、アデライザ姫の壮絶な最期に至るまでの、緊迫の一幕にあたるはずだ。

まさにその舞台裏で、自分は仲間たちとの再会をはたし……そしてその先にはいったいどんな展開が待ち受けているのだろう。彼らはただ自分に会うためだけに、驚くべき策を講じて王宮までたどりついたのだろうか。

興奮と不安が交錯し、火照る頰に夜風が吹きつける。

舞台では座長とおぼしき壮年の男が、朗々と口上を述べていた。

「これよりご覧にいれますは、邪悪な陰謀と真実の愛の物語。歴史に名高き人々を、生けるがごとくにおぼしめし、いつの世も変わらぬ権力の儚さと、叶わぬ恋の苦しみに、憐れみを知る皆々さまはどうかお泣きください、存分に。その熱い涙こそ、破れた夢の供養となりましょう――」

芝居はいよいよ佳境を迎えていた。
すでに第四幕の第二場が始まり、アレクシアは仮設舞台の裏手を離れ、城壁内の通路に身をひそめている。

着替えの手伝いや小道具の用意など、裏方の仕事は一段落したので、しばらく姿を消しても怪しまれはしないだろう。

「ここまでは打ちあわせどおりだな」

みずからを安心させるように、アレクシアは深呼吸をする。

じきに出番を終えたリーランドが合流する。そしてノアはディアナをつかまえ、ひとめを避けながら城壁内まで誘導する段取りだ。

結局ディアナとは当日まで接触できなかったが、あらかじめアリンガム伯の同意をとりつけ、臨席する姫たちに花束を贈る機会を得られたことは幸いだった。

あとはディアナが伝言に気がつき、応じてくれるかどうかだ。

足許には、手燭のかぼそい焔がひとつきり。

その焔がゆらりと流れ、アレクシアははっとして顔をあげた。

入口の方向から乱れた足音が近づき、ほどなく衛兵姿のリーランドが息をきらせてかけつけてくる。

「待たせたな」

「……首尾は？」

「大丈夫だ。城壁沿いをこっちに向かうふたりが見えたから、すぐに来るだろう。ディアナのほうは、どうも動揺してるようだったが」

「わたしがここで待つと知ったためだろうか？」

「たぶんな」

伝言では安全を期して、アレクシアが王宮に忍びこんでいることまでは、ほのめかしていない。それに加えて、今晩ここで両者を入れ替えるという計画をノアから聞いたばかりなら、驚くのも無理はない。

アレクシアは緊張のあまり、喉を締めつけられる心地になる。

もしも入れ替わりを拒絶されたら、どんな説得力のある言葉も、自分の口からは紡ぎだせる気がしなかった。

そんな心境を察したのか、リーランドが冷静に伝えた。

「とにかくおたがいの状況を把握しないことにはな。きみの護衛官殿は謹慎が解けていないようだから、おれたちが彼を助けるに至った経緯についても、ディアナは詳しく知らないままだろう」

アレクシアはこくりとうなずいた。

傷みの激しい石壁に、ゆがんだ影が映りこむ。それが大小の人影となり、意を決してふりむいたアレクシアのまえに、その娘はたたずんでいた。

夜空の藍に、小粒の真珠をちりばめた王女の衣裳は、かつてアレクシアが身にまとっていたものだった。

まるで過去の自分が、時を超えてあらわれたかのよう……。しかしアレクシアの意識は一瞬にして時の濁流に吸いこまれ、六年まえのあの雪の日に至っていた。

ここにいるのは怯えた瞳で毛を逆だてる、あの野良猫のような少女だ。

アレクシアはささやいた。

「そなたがディアナ」

「あなたがアレクシア」

ふたりはにこりともせずに向かいあう。わずかでも感情をおもてにだせば、はかない夢のようなこのひとときが、たちまち消え去ってしまうことを恐れるように。

「名を呼びあうのは初めてだ」

「そうね」

「元気そうだ」

「あなたも」

ふたりは急いて言葉を投げ続ける。短いささやきを合わせ鏡に反射させ、ほのかな幻のようなこのひとときを、永遠につなぎとめようとするかのように。

「生きていたのだな」

「生きてたわ」

「そうか」

「生き延びたの」

「そうだな」

「あなたのおかげで楽しい六年だった」

とたんにアレクシアの視界がぼやけた。

「ちょっと。なんであなたが泣くのよ」

「そなたも鼻声ではないか」

「芝居が長くて冷えたのよ」

アレクシアは笑った。強がるところも、昔と変わらない。

ディアナはむっとしたように、

「それにどうしたってのよ、その短い髪は。素姓を隠すために、髪まで切ったの？」

「ああ、これは娼館から逃げだしたときに……」

「娼館！」

ぎょっとするディアナに、アレクシアは説明した。

「海岸に流れついて、助けを求めてさまよっていたところを、船でフォートマスの町まで連れ去られたんだ」

「じゃあ、ガイウスが誰にも告げずに南岸の港町に向かったのは、やっぱりあなたを救いだすためだったの？」

アレクシアは目をみはる。

「まさかそのせいでガイウスは捕まったのか？」

「たぶんそのはず」

「……そうか。ではそのときわたしは、すでにリーランドに助けだされていたのだな」

「どうしてリーランドが？」

混乱するディアナに、リーランドみずから補足した。

「おまえが娼館で売りにだされてるって、人伝に聞いたからだよ」

「それでわざわざ助けにかけつけたの？　なんで？」

リーランドはもはやお手あげという風情だ。

「それくらい察しろよ」

「あ……え？　え？」

リーランドは苦笑し、ふいに顔をひきしめた。

「ともかくおれたちはおまえを迎えにきた。ここで姫さまと衣裳を交換すれば、一座のひとりとして脱出できる」

「いまここで？」

ディアナの瞳に狼狽が走る。

「そうだ。次の機会なんて、もうないかもしれないんだぞ」

「でも機会なんて、グレンスター邸と連絡をつければ、いつだって……」

　そう反論する声が、不安定に揺れている。

　リーランドが一歩進みでた。

「その様子だと、おまえもどこか妙だと気がついているんだろう？　グレンスター一党はもとより姫さまを亡き者にして、おまえを成り代わらせるつもりでいるんだよ」

「亡き者にって……それはあのウィラード殿下のたくらみじゃないの？」

「ああ。だが彼の野心を焚(た)きつけて、誘導した黒幕はグレンスターだ」

「そんな」

　ディアナは絶句する。アレクシアもまた、リーランドが兄の関与を確信しているらしいことに、ひそかに動揺していた。

「いったいなんのためにそんなことを？」

「自由に操れるおまえを、女王としてまつりあげるためだ」

　ディアナは一瞬ぽかんとした。

「女王ってなによ？」

「いいか？　じきにローレンシア王太子妃として嫁(か)すだけの王女を、わざわざすり替える意味はない。なら目的は、エリアス王太子と王位を争うことを望まない姫さまの代わりとして、おまえを女王の座につけることだ」

ディアナは呆然としながら、

「あたし……しばらくまえにアシュレイに言われたわ。アレクシアの生存はもう絶望的だから、あたしに真の王女として生きてほしいって」

「グレンスターはいまも血眼になって、姫さまの捜索を続けているはずだ。発見するなり葬り去るつもりでな」

「だったらどうして、宮廷に戻ってきたりしたのよ。ばれたら殺されるじゃない！」

ディアナは悲鳴のように責めたて、我にかえって口をつぐむ。

アレクシアはなだめるように、おちついた声で伝えた。

「わたしなら大丈夫。グレンスターにとって切り札のそなたが消えれば、わたしには手をだせない。だからそなたにはしばらく身を隠してもらい、そのあいだにわたしがローレンシアに発ってしまえば、もはやどうしようもなくなる」

「あなたはそれでいいの」

「え？」

「あたしが逃げ損なったら、すぐにも殺されてしまうんじゃないの？」

「……そのときはそのときだ。そうならないに越したことはないが」

「それに本当は、お嫁にだっていきたくないいんじゃないの？」

「だがそれは、わたしの……」

義務であり、存在意義であると、自信を持って口にすることができない。

「ディアナ。こんなときに姫さまを責めてどうするんだ」

「責めてなんかない」

そのとき石の城壁越しに、どよめきが届いた。

小夜啼塔という絶景を活かし、アデライザ役がそびえる塔から身を投げてみせたのだ。危険な技だが、どうやらみごとに成功したらしい。

ノアが不安げに割りこむ。

「なあ。もうすぐ舞台裏が人だらけになるから、しゃべくってる暇はないぜ」

「そういうことだ、ディアナ。悪いが時間がない。すぐにもその衣裳を脱いで――」

「できない」

「なに？」

「あたしはここに残る」

アレクシアは息をとめた。

「おまえ……自分のおかれた状況がわかってるのか？　いくらグレンスターの連中に護られていたって、成り代わりがいつ露見するともかぎらないんだぞ？」

「わかってる」

かすかにふるえる声で、ディアナは一気呵成に続けた。

「わかってるし、ウィラード殿下に命を狙われてるのも知ってる。だからその役目はここであたしがひきうける。代わりに調べてほしいことがあるの。グレンスターは本当のことを教えてくれるかわからないから」

その切実さに呑まれ、アレクシアは問いかえす。

「調べてほしいこととはなんだ？」

「あたし……」

ディアナはくちごもった。

「あたしはあなたと、血がつながっているかもしれない」

「血が？」

遅れてその意味が脳までたどりつき、雷に撃たれたような衝撃に襲われる。

「つまり、わたしたちがこんなにも似ているのは」

「神の気まぐれなんかじゃないかもしれないってこと」

アレクシアは唖然（あぜん）とした。

あくまで比喩（ひゆ）や、便宜（べんぎ）的にそう伝えたことはあるが、本気でその可能性を追究しようとしたことはなかった。むしろこれまで我知らず、ありえないことと決めつけてかかっていたのが不思議なくらいだ。

「ではグレンスターの叔父（おじ）上は、それを知っていらして……」

「たぶん。ずっとあたしを捜してたみたいだから」

「おまえを王女として扱うには、それなりの正統性があるってことか」

険しいまなざしのリーランドに、ディアナがすがるような視線をかえす。

「わからない。だけどエルドレッド王も知ってるの。あたしのことを……というか、アレクシア王女によく似たもうひとりがいることを」

「そんな……」

アレクシアは声をなくした。

これまで父王が、ディアナの存在について語ったことはなかった。ほのめかしや、それらしい噂すら耳にしたことはない。

なぜそこまでかたくなに秘していたのだろう。

なぜそのもうひとりは、この自分ではなかったのだろう。

なぜ、なぜ、なぜ、なぜ——。

絶叫のような問いが身の裡にこだまして、いまにも全身が砕け散ってしまいそうだ。

ディアナがけんめいに訴える。

「グレンスターはどんな嘘をついてでも、あたしを利用するつもりでいる。だからあたしの代わりに小夜啼城をたずねてほしいの」

アレクシアは目をまたたかせた。

「小夜啼城を？」

「あなたはそこで生まれたのよね？」

アレクシアはぎこちなくうなずいた。

「母は懐妊がわかってから一年ばかり、彼の城で静養していたから」

「小夜啼城であったことは、外には洩れないんでしょう？」

「……国王陛下がそのように命じれば」

アレクシアはおののくようにディアナをみつめた。

「ではそこにそなたの出生の秘密が隠されていると？」

「わからない。だけどそれをつかめれば、グレンスターに対する切り札になるかもしれない。あたしたちどちらにとっても」

「なるほど……」

「だからそれまでは、あたしがここであなたの代わりをする」

「ディアナ」

「ここであなたを待ってるから」

アレクシアが口を開きかけたときだった。

流れる冷気がうなじをなで、リーランドともども通路の奥をふりむく。暗い通路の、別の出入口のほうから、誰かがこちらに向かってきていた。

暗がりをさぐる足音に、慎重な呼びかけがかさなる。

「誰かそこにいるのか？」

あの声。アレクシアとディアナは、同時に身をこわばらせる。

リーランドがとっさに、アレクシアを隠すように動いた。

「アシュレイ」

ディアナがつぶやき、人影が足をとめた。

「ディ……アレクシア王女殿下？　なぜこのようなところに？」

「あなたこそどうしてここが」

「殿下とよく似た背格好のかたが、こちらに向かわれる様子を、目にした者がおりましたので。——おまえたち何者だ？」

そして兵士の装束をまとうリーランドに目をとめるなり、顔色を変えて腰の長剣を抜き払い、問答無用で斬りかかってきた。

「王女殿下から離れろ！」

「お、おい、待てって」

リーランドが焦ってあとずさる。兵士の衣装といえど、鎧も剣もなまくらで、実戦にはなんの役にもたたないのだ。

「やめて！」

ディアナの悲鳴にも、アシュレイは耳を貸さない。

とっさの身のこなしで、リーランドが上体をのけぞらせる。しかし残った腿を、アシュレイの剣先がざくりと斬りあげた。

どっとリーランドが倒れこみ、裂かれた腿を押さえてうめく。乏しい灯りでも、その手がみるまに血に染まるのがわかった。

アレクシアのためらいは弾け飛んだ。

「そこまでだ、アシュレイ！」

制止の声を張りあげたとたん、アシュレイの動きがとまった。

ぎこちなく首をめぐらせ、肩までの金髪の少年をまじまじとみつめる。

「……アレクシア、王女殿下？」

視界のかたすみで、ディアナが絶望に顔をゆがめている。

もちろんアレクシアとて、これが悪手であることは承知である。しかしこうしてとっさに標的を逸らす以外に、アシュレイをとめる方法を思いつかなかった。

相手の動揺を鎮めるように、アレクシアはかすかに笑んだ。

「そうだ。しばらくぶりだな」

「……ご無事でいらしたのですか」

「なんとかな。しかしそなたはすでに、あらたな王女を得たようだ」

「彼女は……」

「彼女のためにわたしを殺すのが、そなたの望みなのか？」

アシュレイの長剣から、リーランドの血が滴り落ちている。

その切先がかすかに揺れた——次の刹那、地面を蹴ったのはディアナだった。

アシュレイに飛びつき、その腰から短剣をつかみとって、自分の首筋にあてがう。

「やってごらんなさい。いまここで頸を掻き切ってやるわ」

ディアナがうわずる声で言い放つ。

「それでもいいの？」

「ディアナ」

蒼ざめたアシュレイが、短剣を取りあげようと手をのばす。

しかしディアナはすかさず、しなやかな獣のように飛びのいた。

「近づかないで！　あたしは本気なのよ」

「そんなことはやめるんだ。頼むから」

アシュレイは苦渋のまなざしで訴える。

興奮するディアナの手はふるえ、すでに破れた肌から血が流れていた。

「だったら約束して。アレクシアだけじゃない。そこのふたりにも手をだしたら、あたしはすぐに死んでやるから」

「――わかった」

アシュレイは観念したように、柄を握る手を放した。支えをなくした長剣が、からんと冷たい石に投げだされる。

ディアナがアレクシアをみつめる。

「行って」

「ディアナ――」

「早く！」

アレクシアは言葉を呑みこんだ。無言でうなずきかえし、なんとか立ちあがったリーランドをノアと支えながら、出口をめざそうとする。そしてうつむくアシュレイとすれ違いかけたとき、

「アレクシア」

低く呼びとめられた。彼は目を伏せたまま、

「ぼくの力だけでは、もうとめられない。きみが宮廷に戻ろうとさえしなければ、きみを殺さずにすむ。それがぼくの望みだ」

そうささやき、天色の双眸をあげた。

「きみは意に副わず王女の身分を奪われたかもしれない。けれど代わりに自由を手にする機会を得たんだ。かぎりない自由をだ。それはきみの真の望みではないのか？」

懇願のような問いかけに背を向け、アレクシアは歩き続けた。

影のようにまとわりつく問いの残響から、ひたすら遠ざかるために。

3

撤収の荷馬車に乗りこみ、王宮をあとにするまで、生きた心地がしなかった。

幌を背に膝をかかえ、ノアが不安げにつぶやく。

「おれたち助かったのかな……」

「いまのところは、なんとかな」

飄々と応じるリーランドだが、暗がりに浮かぶ額には冷や汗がにじんでいた。きっと創の痛みがひどいのだろう。彼は小道具を放りこんだ木箱にもたれ、裂いた布をきつく巻きつけた片脚を、力なく投げだしている。

一座の面々には、角材から飛びだした釘にひっかけて、おもいがけない深手を負ったと説明したため、こんなめでたい夜に災難なことだとひどく気の毒がられた。

御前公演そのものは、いたって大成功だった。

終演を迎えると、座長をはじめとする役者陣はぞろぞろと舞台をおりて、いまこそ未来の後援者に顔を売る絶好の機会であると、賓客のあいだを練り歩いた。どうやらディアナはあのまま先に退席したようで、アレクシアと酷似する容姿に注目されずにすんだのは幸いだった。

ねぎらいの酒もふるまわれ、みなすっかりほろ酔い気分になりながら、ようやく帰途についたところである。深夜も押し迫った街路を、荷馬車の列がゆらゆらと進み、先の馬車に乗りこんだ役者たちの、陽気な歌声も流れてくる。山ほど小道具を積みこんだ最後尾の荷台には、アレクシアたち三人のみが乗りこんでいた。

リーランドがけだるげに額の汗をぬぐう。

「しかしこうなると、これ以上《天空座》に居候を続けるのは、危険かもしれないな」

「けっこう居心地よかったんだけどな」

ノアがため息をつき、アレクシアもいたたまれずに目を伏せた。

「すまない。わたしが正体を明かしたために、そなたたちまでグレンスターの敵と見做されてしまったな」

「いいよ。姫さまがとっさにあいつをとめてくれなきゃ、リーランドはもっとひどい怪我をしてたかもしれないんだからさ」

リーランドもうなずく。

「それに今夜の接触をあいつに知られたからには、いずれ御前公演の関係者に疑惑の目が向けられただろうしな」

「では一座のみなに、累が及ぶ恐れも？」

牢獄で拷問を受けたガイウスの、満身創痍の姿が脳裡にちらつく。

「いや。おそらくそこまではしないだろう。派手な騒ぎになれば、いずれディアナの耳にも届くからな。なにしろ御前公演を成功させたばかりの旬の一座だ。しかしあの若さまの様子だと、長くは保たないだろうな……」

ディアナの意を汲んだアシュレイが、今夜の一幕に口をつぐんだとしても、ディアナが人知れず天幕から姿を消した事実は残る。

その点に疑いを持たれれば、可能性のひとつとして一座にたどりつくのはたやすい。アレクシアや《白鳥座》の生き残りが、公演を利用して王宮に潜入したとなれば、グレンスターはなおさら目の色を変えて命を狙おうとするだろう。

アレクシアはつぶやく。

「そういえば《白鳥座》のことを、ディアナに伝えそびれてしまったな」

「いまはそのほうがいい。目的がどうあれ、現状ではグレンスターだけがあいつの頼れる庇護者だ。そのグレンスターをこれ以上信じられなくなったら、いざというときあいつのためにならない」

「……そうかもしれないな」

さすがはリーランドだ。やみくもに真実を告げて混乱させるのではなく、なにがもっともディアナのためになるかを、一番に考えている。

アレクシアはふとたずねた。

「あなたは気がついていたのか？　その、ディアナの出生に、なにか隠された事情があるかもしれないことを」

「ん……王女のきみと知りあってから、もしかしたらとはな。あいつが育った修道院が、盗賊に襲われた状況にも、腑に落ちない点があったし」

「それはやはり」

「人知れずディアナを葬り去るため、加えてあいつが生きていた痕跡をも消し去るため。そういうことなんだろうな、いまとなっては」

「なんのためにそこまで……」

次々とつながりだす手がかりをまえにしても、アレクシアは呆然とたちすくむことしかできない。その糸をたぐりよせたとき、自分もまた無傷ではいられないのではないかという予感が、アレクシアを怯えさせる。

そのとき幌に遮られた馭者台から、少々おぼつかない足取りの座長が近づいてきた。

「どうした。三人そろって葬式みたいな顔をして」

「さすがにこの程度の傷で死にはしませんよ」

リーランドは片頰で苦笑する。

そのかたわらに膝を折り、座長は血に染まる布をまじまじとながめた。

「しかしなかなか派手に怪我したものだな」

「ええ。不注意でしくじりました」

「まさか衛兵とやりあったのか？」

ぎくりとする三人をまえに、座長はひらりと片手をふった。

「そう怯えるなって。おれはなにも知らないし、仮にきみらが王族の暗殺を企んでいたとしても、密告するつもりもないよ。この一座はおれの人生だ。反逆者をかくまったことくらいで、巻き添えに取り潰されちゃたまらんからな」

静まりかえった荷台に、上機嫌なリタの笑い声が流れつく。

三人は無言で視線をかわしあう。アレクシアがうなずいて許可を伝えると、リーランドは座長に向きなおった。

「さすがは座長だ。ごまかせませんね」

「当然だろう。今日が近づくにつれて、どうもきみらがそわそわしだした。あれは舞台の失敗を案じるだけの顔つきじゃなかったからな」

ふんと鼻を鳴らし、座長はおもむろに声をひそめた。

「しかしあえて訊くが、きみらはまずい状況にあるのか？」

「そうともいえますが、一座に迷惑はかからないはずですから、どうぞご安心を。念のためにしばらく身を隠すつもりなので、みんなにはうまく説明しておいてもらえると助かりますが」

それがあまりに腹の据わったくちぶりだったためか、座長はむしろ不安げになる。

「説明ならいくらでもするが……きみらのその境遇は、ついこのあいだアレクシスならぬアレクシアが、あの悪名高い貧民窟に拉致されたこととつながりがあるのか？」

「もしもそうなら、座長はどうします？」

「どうするかだと？」

座長はにやりと笑った。

兄王を追い落とし、苦悩に苛まれるエグバート王を演じてまもないためか、悪党じみた笑みには妙な迫力がある。

「そんなものはもちろん、けなげな訳あり美少女に肩入れするに決まってるじゃないか。おれにできることなら、なんでも力になろう」

リーランドがつられて笑う。

「それは心強いですね」

「おれだけじゃないぞ。きみら三人はうちの連中に好かれてる。つきあいは短いが、いざとなれば手を貸してやろうって奴は大勢いるはずだ」

「おれも好かれてる？」

身を乗りだしたノアに、座長はすかさず請けあう。

「おうとも。顔よし性格よし演技よしの満点だ。口だけは少々悪いがな」

「そうかなあ。うちの姫さまが浮世離れしてるせいで、そう感じるだけじゃないか？」

「姫さま？」

「あ」

ノアが口を押さえるが、時すでに遅しである。

ならばいっそのことと、アレクシアはかしこまって告げた。

「そなたの芝居に対する飽(あ)くなき情熱。そして義理もないわたしのような者に、無償で手をさしのべようという心意気。そなたこそまさに、真の粋(いき)というものを体現する存在であろう。そなたの一世一代の大舞台に、微力ながら裏方として立ち会えたことは、わたしが市井(しせい)で得た生涯の誇りとなるはずだ。あらためて心より感謝する」

「え……と、いまのは演技だよな？」

目を白黒させる座長をよそに、三人はひそやかに笑いあった。


しかし《天空座》にたどりつくと、奇妙な客が待ちかまえていた。

若い男女が、リーランドとその連れに会いたがっているという。

つまりアレクシアたち三人のことだ。

まさかすでに刺客が送りこまれてきたのかと、荷台を降りたばかりの三人がうろたえているうちに、その男女がいそいそとこちらに近づいてきた。

とたんに娘のほうが目を丸くして、

「あ。あのときの憂(うれ)いの美少年！」

アレクシアを指さした。

「あのときの？」

まさか面識があるのかと、アレクシアはますますとまどい、ようやくぴんときた。

「あの対岸の市場で言葉をかわした……」

「そう！　あたしたち、ガイウスに頼まれてきたの」

アレクシアは息を呑む。まさかここでその名が飛びだすとは。

「ではやはりあの子はセルキスだったのか」

「それが本当の名まえみたいね。あのときはまだ、あたしが勝手にキアランと呼んでたけど。だから……あれ？　ひょっとして、あなたがガイウスのお姫さまなの？」

アレクシアはこくりとうなずく。

「おそらくは」

「ど、どうしよう。あたしったら、こんな口の利きかたをして」

あわあわとあわてふためく娘の隣で、やや年嵩の男も卒倒しそうになっている。明るい栗色の髪の雰囲気が似ているので、兄妹だろうか。

アレクシアはひとりごちる。

「それにしても、なぜガイウスはわたしがここにいることを知っていたのだろう」

「ええと……それはたぶん、おれが教えたからだな」

リーランドが決まり悪そうに白状する。

アレクシアは目をみはった。

「いつ？」

「彼を助けだして、しばらく経ってからだ。夜更けにここを脱けだして、一度だけアンドルーズの屋敷をたずねたんだ」

「なぜ教えてくれなかった？」

「彼にくちどめをされたので」

すまなそうに告白されては、リーランドを責めるわけにもいかない。

「ではウィラード兄上の野心を利用するという、グレンスターの策謀について、あなたがディアナに語っていたのも――」

「彼の口から聞かされたことだ」

ならばそれはもはや確定事項とみるべきなのだろう。

アレクシアはその現実を、鈍い痛みとともに受けとめる。

あらためて来訪者に事情をたずねると、やはりふたりは兄妹だという。

ウィンドロー近郊の海岸でティナがガイウスを助け、そのティナがフォートマスの娼館に連れ去られ、ロニーからその危機を知らされたガイウスが、アレクシアも同様の境遇にあるのではと睨み、無断で王都を離れてかけつけたところを、おそらくはグレンスターの手の者に捕らえられた。

「そういう経緯だったのか……」

アレクシアのあずかり知らないところで、ガイウスも自分を救おうと奔走していたことに、あらためて胸が熱くなる。

「おれは《メルヴィル商会》で働いてるので、王都の情報もひと足早く流れてくるんですが、ガイウスが処刑されたとかされなかったとか、はっきりしない情報ばかりなのがもどかしくて、王都に出向いて確かめることにしたんです。そもそも彼がそんな目に遭ったのは、おれが助けを求めたせいみたいなものなので」

ちょうどガーランド各地で、港を拠点とした人身の売り買いが顕在化しており、被害者の身内として、王都の本社に詳細を報告するという任務も負ってきたという。

「彼はしばらく王都を留守にするそうで、こちらに身を潜めておられる殿下の力になってほしいと頼まれました」

「あたしたちはその、グレンスターとかいう家に目をつけられてないから、いざというときの助けになれるはずだって」

それはいかにもガイウスらしい配慮だ。

「ガイウスはすでに王都を離れたのだろうか？」

「一昨日の夜に発ったばかりです」

家族の協力のもと、馬車の座席に隠れてひそかに屋敷を抜けだしたガイウスと、商会の宿泊施設で落ちあったのだという。

「なにかを調べるために、西の修道院をめざすそうでしたが」

ロニーがそう伝えるなり、リーランドが納得する。

「ディアナの出生を追うつもりだな」

ガイウスはガイウスで、非道な陰謀の核心に迫ろうとしている。

そうと知り、アレクシアはもはやいてもたってもいられなくなった。

「わたしもすぐにも王都を発ちたいんだ。ガイウスと同じく、確かめねばならないことがあるのだが、わたしがじかに顔をださなければ埒が明かないだろうから」

小夜啼城はあらゆる意味で閉ざされた城だ。アレクシアがたずねても、めぼしい収穫は得られないかもしれない。

それでも出向かないという選択肢はなかった。

しかしそこにノアが冷静な意見を投げこんだ。

「だけど姫さま、急ぎたいのはわかるけど、いますぐにってわけにはいかないぞ。リーランドがこの脚じゃあ、まともに歩けるようになるまで何日もかかる」

「それもそうだな」

無理をさせて、創が膿みでもしたら大変なことになる。誰も彼もが、頑丈さが取り柄とうそぶくガイウスと同様の体力だと考えてはならないだろう。

アレクシアはすぐに決断した。

「ではリーランドが快復するまで、ノアにはしばらくのあいだ身のまわりの世話を頼みたい。座長に相談すれば、ふたりが身を隠すのにふさわしい住み処を手配してもらえるだろう。それと明日の朝一番にも医者に診せて、適切な治療を受けさせるように」

アレクシアはてきぱきと要望を並べていく。

とたんにリーランドがあわてふためいた。

「まさか姫さま、きみはひょっとして」

「小夜啼城にはわたしひとりで向かう。大丈夫。乗馬は得意だし、旅程のほとんどは街道をひたすら西に進むだけだ。元気な馬さえ調達できれば――」

「いやいやいやいや、それはだめだ。きみにひとり旅をさせるなんて、とんでもない。おれがあの護衛官殿に殺されちまう」

「しかしいまはこのような状況だし……」

「姫さまはおれの命が惜しくないんですか！」

必死の形相で訴えられて、アレクシアはたじろぐ。

すると解決策をひらめいたように、ロニーがきりだした。

「では《メルヴィル商会》の連絡馬車を使うのはどうですか？」

「連絡馬車というのは？」

「街道沿いの支店を定期的に行き来して、商会の業務を迅速にするための快速馬車です。おれの口利きで特例の通行証を発行してもらえば、どこでも乗り降りできますよ。重要な書類や、高価な商品を運ぶことも多いので、馭者は腕がたつ者ばかりを選んでいるそうですから、早くて安全です。旅籠に泊まらずに夜の便も乗り継ぐなら、かなり旅程を短縮できるはずですよ」

それは願ってもない提案だ。手練れの馭者がついているなら心強いし、あとはいざ街道を離れて小夜啼城をめざすときに、宿場町で馬を調達すればすむ。

アレクシアは期待をこめてリーランドをふりかえる。

「あなたの意見は？」

「それならまあ、なんとか」

許容できるということだろう。

アレクシアはにこりと笑った。

「では決まりだな」

方針が定まれば、さっそく準備にかかるのみである。

アレクシアとて、できるものならリーランドたちと離れたくはない。

しかしいずれにしろこの先は、自分ひとりで受けとめねばならない領域だ。

そこにどんな認めがたい真実が待ち受けていようと。

アレクシアは星の隠れた西の空をふりむいた。

始まりの地――小夜啼城を。

内廷がざわついている。

王女の私室にまで、浮き足だったざわめきが忍びこんでくるとは、これまでにないことだった。そろそろ夜半も迫るというのに、なおさら尋常ではない。

円卓の茶器をかたづけていたヴァーノン夫人が、

「しばしお待ちください。わたくしが様子をみてまいりましょう」

扉に足を向けたまさにそのとき、アシュレイが部屋にかけこんできた。

「ディアナ。陛下がお呼びだ」

「え……ど、どうして？」

このところのわだかまりも忘れて、ディアナは問いかえす。

アシュレイもまた、ぎこちない距離を意識する余裕はないようだった。

「陛下が遺言に署名される。その立ち会いに、王族と重臣が集められているところだ」

「それってつまり……」

息を呑むディアナに、アシュレイがうなずきかえす。

「遠からぬ死を覚悟されてのことだろう。そこで次期王も指名されるはずだ」

「でもそれはもう決まってるんじゃないの？　継承順位について定めた法があるって」

「それでも陛下が、次なる王を公に認めたということが意味を持つんだ」

そう説明されて、ディアナは理解する。

「つまりお墨つきを与えるわけね？　みんなが新しい国王にちゃんと従うように」

「そう。だからあえて陛下が、順位を無視なさる可能性もないとはいえない。それが内乱の火種となる危険も」

「内乱？」

「もしも陛下がエリアス王太子以外の誰かを指名すれば、後見のバクセンデイルは黙っていないだろう。臨終の迫った国王が乱心したと訴えて、宮廷を——ひいてはガーランドを二分する争いが勃発しかねない」

「そんな」

ディアナは蒼ざめる。

「そうした暴挙を許さないためにも、遺言の署名を見届けるのは重要なことなんだ。とにかく急ごう」

「わかったわ」

ディアナは動揺を呑みこみ、アシュレイに従う。

足早に国王の部屋をめざすと、やがてエリアスに追いついた。いつも泰然とした護衛官のダルトン卿も、今夜ばかりは緊張を隠せない足取りである。

「姉上」

足をとめたエリアスが、泣きだしそうなまなざしをあげる。

ディアナはたまらず両腕をのばし、かぼそい身体をだきしめた。

「なにも怖がることはないよ。わたしがついているから」

エリアスはかすかにうなずくが、骨の浮いた背はひどくふるえていた。

すでに休んでいたところを呼びだされたのだろう、跳ねたままの髪を優しくなでつけてやる。

しかし……アシュレイが危惧するように、エリアス以外の誰かが指名を受ける可能性もあるのだろうか。

現在のガーランド王国の王位継承者には、それぞれに難がある。

幼王のエリアス。敬遠される女王のアレクシア。反逆者の娘のセラフィーナ。

そして有能さは認められながら、庶子で継承権のないウィラード。

そのウィラードの功績に報いる意味でも、彼が新王の摂政に任じられるのではないかというのが、大半の宮廷貴族たちの見方であるらしい。

それはそれでエリアスの親政に悪影響を及ぼしそうだし、外戚のバクセンデイルとしても認めがたいことだろう……。

エリアスの手をひき、ディアナは王の寝室に向かう。

そこには枢密院顧問官とおぼしき壮年貴族が集い、お付き司祭やそば仕えの侍従たち、そしてすでにウィラードとセラフィーナの姿もあった。

人いきれと燃えさかる暖炉の焰、目の眩むような燭台の灯りで、肌は火照るばかりなのに、欲望と計算を秘めた沈黙が、ひたひたと身体の芯を凍えさせていくようである。

すがるようなエリアスの手を、ディアナは強く握りかえした。

「王族のみなさまがた」

王の枕許から、宮内卿がこちらに視線を投げる。

「どうぞおいでください。陛下がお呼びです」

エリアスがびくりと立ちすくむ。

ディアナとて、できるものならいますぐここから逃げだしたかった。

アレクシアがここにいたら、同じ恐れに身をすくませるのかもしれない。

しかし自分はいまここで、彼女のために非の打ちどころのない王女を演じなければならない。その一念が、ディアナを毅然とさせた。いま一度エリアスの手を握りしめ、そっとうながすように進みでる。

寝台をかこんだ四人に、エルドレッド王は視線をめぐらせた。

うつろな緑柱石の瞳に、この光景はどう映っているのだろう。

暴君と恐れられた王も、死ねば玉座は譲り渡さなければならない。血のつながった子といえど、所詮は他人だ。どれほど研鑽をかさね、意に副うよう努めたところで、この王の真の満足を得られる後継者など、この世に存在するのだろうか。

ディアナの胸に、唐突に怒りがこみあげてきた。エリアスもアレクシアも、そしてウィラードやセラフィーナも、病み衰えて死を待つばかりのこの老いた男に、ひたすらふりまわされてきただけではないのか。

王は言った。

「……我が後継者は、王太子エリアスとする。摂政にはバクセンデイル侯を任じる」

エリアスがこくりと喉を上下させる。

ウィラードの表情は動かなかった。

バクセンデイル侯が頭を垂れる。

「謹んでお受けいたします」

「エリアスが青年に達するまでは、枢密院に権力基盤を委ねること」

「仰せのとおりに」

「ウィラード」

名を呼ばれたウィラードが、端然と身をかがめる。

「弟エリアスを正しく導き、支えとなってガーランドの繁栄に努めるように」

「――しかと承りました」

穏やかなまなざしには、慈愛の笑みすら浮かんでいるようだった。

書記官が遺言を書き留めた書状に、王がけだるげに署名を走らせる。

それで儀式はおしまいだった。王女アレクシアにはひとことも残されないまま、すべてが終わったのだった。

5

陽が暮れるのがずいぶん早くなってきた。

アレクシアは騎乗のまま、黄昏の空をあおいだ。

ウォルデンの町から小夜啼城までは、馬で半日の距離だという。

《メルヴィル商会》の通行証のおかげで、旅につきものの厄介ごとに煩わされることもなくここまでやってくることができた。これで旅を楽しむ余裕があれば、どれほどよかったことだろう。

昨夜からの雨がやむのを待ったので、朝の出発はいくらか遅れたが、そろそろ城に至る枝道にたどりついてもおかしくないはずだった。

目的地のすぐ近くまで来ているはずなのに、なだらかな丘の連なりが延々と続くだけの光景に、不安をかきたてられる。それはいざ城にたどりつき、真実を知るのが怖いというアレクシアの気持ちのせいかもしれなかった。

ディアナの出生に、王家とのつながりがあるかもしれない。

いざその疑いが生じたとき、ディアナにもリーランドにも、どうしても打ち明けられなかった、もうひとつの疑いがある。

アレクシアを殺し、ディアナを成り代わらせようとするグレンスターの策謀に、もしも正統性があるのなら、むしろこの自分のほうに、王女である正統性がないのではないかという疑いだ。

根拠のない疑惑ではない。

かつて病床の母メリルローズが、沈痛薬の作用のためか、錯乱のあまりにアレクシアを責めたてたことがある。

おまえなどわたしの娘ではない——と。

見舞いのたびに荒れ狂い、しまいには面会を禁じられた母との最期の日々は、いまだに辛い記憶として、アレクシアの心の奥にしまいこまれている。

自分が至らぬ娘ゆえ、自制心をなくした母に罵(ののし)られたのだと思っていた。

そう思うしかなかったが、もしもあれが言葉どおりの意味だったとしたら、自分は王女ですらないことになる。

「どちらにしろ救いはないいな」

アレクシアは声をたてずに笑う。その息はかすかに白く煙っていた。

アレクシアは朽葉(くちば)色の外套(がいとう)をかきよせ、頭巾(ずきん)をかぶりなおす。

やがて行く手の道端に、片腕を広げた案山子(かかし)のようなものが待ち受けていた。道標(みちしるべ)だ。

あの枝道を進めば、丘を越えた向こうに城があるはずだ。

アレクシアはほっとした。

「城まできっともうひと息だ」

馬をはげましながら、先を急ぐ。

しかしそのうちに、わずかな違和感をおぼえた。

道標はたしかにそこにある。しかしその裏や、道端の木々からじわりと黒い影が浸みだし、みるまに数を増やしてどちらの道もふさがれていくのだ。

アレクシアはぞくりとして、馬の歩をゆるめた。まさか追い剝ぎか？

刻々と暗幕の垂れこめつつある田舎道に、助けを求められるような人影はない。

さしだせる金銭がないわけではないが、それだけですむものかどうか。いっそ強行突破するべきかもしれないが、走りづめの馬が追っ手をふりきれないかもしれない。

とっさの判断に迷ううちに、男たちの風体（ふうてい）が暗がりに浮かんできた。

粋な縁飾りの上衣にもかかわらず、妙にうす汚れた風情なのは、それが旅人から奪った着たきりの品だからだろうか。

いずれにしろまともな近隣の農夫ではなさそうだ。それが徒党（ととう）を組んでうろついているとしたら、その正体は疑いようがない。

アレクシアは馬の頸（くび）に身を伏せ、ささやきかけた。

「ほんのしばらくでいい。がんばってくれるか？」

ぴんとたてた耳は、男たちを警戒している証拠だろう。

アレクシアは馬を反転させ、道標までの距離をかせぐと、意を決して腹を蹴った。

数人の男がふさぐ枝道めがけて、一直線に駈（か）け抜ける。

「おい……冗談だろ」

「避けろ！　蹴り殺されるぞ！」

次々と男たちが飛びのき、

「よし！」

突破に成功したと、アレクシアが信じた直後のことだった。

馬体に衝撃が走り、歩様が乱れて、みるまに速度が落ちた。

はっとしてふりむくと、ともに弩の矢が深々と刺さっている。

「なんてことを……」

こんな怪我のまま、これ以上走らせることはできない。

きりと奥歯をかみしめ、アレクシアは馬をとめた。

すかさず四、五人の男たちにとりかこまれる。

「なんだ、まだ子どもじゃないか」

「ずいぶん度胸があるもんだ」

「……なにが望みだ。荷を置いていけというなら、そうする。たいした額ではないが、金もそこに——」

「見ろよ。こいつの顔ときたら、信じられないくらい別嬪だぜ」

頭巾をつかみおろされて、アレクシアはぞっとした。

「わ、わたしは男だ！」

「だったらよけいに貴重なもんだ。きっと高く売れるぜ」

「さっさとひきずりおろして縛りあげろ。その馬も連れていくぞ」

首領格の指示を受け、男たちがこちらに腕をのばす。

アレクシアはとっさに腰の短剣を抜いた。護身用としてたずさえてきたが、扱いの心得はない。しかしやみくもにふりまわしただけでも、男たちの服を裂き、たじろがせる威力はあったようだ。

アレクシアはその隙に馬を飛び降り、賊が木々に隠した馬で逃げようとする。だがあと一歩というところで、うしろから髪をつかまれ、地面にひきたおされた。

その衝撃も冷めやらぬまに、おもいきり脇腹を蹴りつけられて、アレクシアはたまらず嘔吐いた。

「こいつめ！　ふざけたまねしやがって、逃がしてたまるかよ」

そのままずるずると地面をひきずられ、痛みと悔しさに涙がにじむ。

ここまできてこんな妨害に遭うとは。これも真実を恐れる怯懦が招いた報いなのだろうか。それとも偽りの王女であるアレクシアに、神が相応の扱いを与えようとしているのだろうか。

そのときである。

地べたに押しつけられたアレクシアの耳が、力強い馬蹄の音をとらえた。

単騎ではあるが、鍛えられた最高の駿馬の走りだ。それはみるまにこちらに迫り、砂埃をたててすれ違うなり、アレクシアを捕らえる賊の腕から、鮮血が散った。賊は悲鳴をあげてアレクシアを放し、腕を押さえてうずくまった。

騎乗の男が、狙いを定めて長剣を薙ぎ払ったのだ。

宵闇を背にした黒鹿毛が嘶きをあげている。

その馬首をかえし、男は言った。

「貴様らがウォルデン近郊を荒らしまわる盗賊か。死にたくなければすぐに散れ」

決して声を荒らげてはいなかった。しかしかまえた剣先からみなぎる怒気に、盗賊たちはおののくようにあとずさり、

「——ずらかるぞ」

首領のひと声で弾かれるように馬に飛び乗り、一目散に逃げ去っていく。その姿はすぐに丘の向こうに消えていった。

アレクシアは呆然と、冷たい地にへたりこんだままだった。

みずから言葉を発したら、この奇跡のような夢が、いまにも宵闇に溶けて消えてしまいそうな気がしたから。

「少年。大事ないか?」

騎乗のまま、彼が声をかける。

「どうした。ひどい怪我を負ったのか？」

その声音（こわね）が気遣わしげにくもったときである。みずから歩を進めた黒鹿毛が、つと頚をさげてアレクシアの肩に鼻先を押しあてた。

「セルキス。また会ったな」

とたんに彼が息を呑むのがわかった。しばし凍りつき、それから崩れ落ちるように地に降りて、膝をついた。

「姫さま」

「そうだ」

「本当に？」

「そうとも」

それでもにわかには信じがたいように、ガイウスは剣を投げ捨てた右手をアレクシアの頬にのばしかけ、ためらう。

アレクシアはとっさにその手を両手でつつみ、気がつけばみずからの頬に導いていた。

無言のまま、汗ばんだ、硬い肌のぬくもりに頬を添わせる。

「姫さま」

かすれた声でガイウスが呼ぶ。

畏（おそ）れと喜びの交錯する声をふるわせる。

なぜいままで気がつかなかったのだろう。

「わたしはきっと、ずっとこうしたかったのだ」

まなじりからあふれた涙が、ガイウスの肌をも濡（ぬ）らした。

「おまえもそうだったのか」

ガイウスが怯えたように喉を鳴らした。やがて泣きだしそうに目許をゆがめ、それからかすかに笑むと、すべてのしがらみを投げ捨てるように告げた。

「――はい。おそれながら、お慕い申しあげておりました」

「だからわたしの護衛官からの転属を考えたのか？」

「わたしのふるまいが、いずれ姫さまのご不評を招くことを危惧いたしましたので」

「もはや宮廷に必要のない者だと、わたしを突き放したのも？」

「殿下のお命を、できるかぎり危険から遠ざけたかったのです」

「わたしは傷ついた」

「申しわけありません」

「おまえはひどい男だ」

「罰（ばつ）をお望みならいくらでも」

「だがおまえがおまえでよかった」

「……それはどういう意味ですか？」

アレクシアはひそやかにほほえんだ。

ガイウスが護衛官として王女を護ったのではなく、見ず知らずの庶民の少年を助けようとした結果として、自分が救われた。自分が好いた男が、そういう男であることを我が身を以て実感できたことが、なにより嬉しかったのだ。

そして男の手と、牡馬の鼻先を左右の頬に押しあてられていることに気がつき、くすりと笑った。

「まるで両手に花だな」

「王女にふさわしい華やかさでは？」

片眉をあげたガイウスを、アレクシアは笑みを消してみつめた。

「ガイウス。わたしが小夜啼城をめざしてきたのは、ディアナの出生の真相について知るためだ」

「わたしもです」

「だがそのことでわたしは……わたしの出生についても、認めがたい真実に直面することになるかもしれない。それでもおまえは……」

アレクシアはその続きを声にすることができなかった。

おまえの愛は冷めないか。背を向けずにいてくれるか。

「愚問ですね」

ガイウスは一笑に付した。

そしておもむろにアレクシアの片手をさらうと、見惚れるような凜々しい所作で、その指先にくちづけをおとした。

「それでもあなたがわたしにとって、唯一無二の王女殿下であらせられることに変わりはありません」

いつになく蠱惑的な紺青の瞳が、すくいあげるようにアレクシアをみつめる。

アレクシアは心の底から、宵の早い秋の空に感謝した。

紫苑の花を活けるのも、今年はこれで終わりだろう。

円卓に花瓶を飾りながら、セラフィーナは考える。

来年のいまごろは、いったいどうしているだろう。

来年はおろか、明日のことすらもわからない。

為政者の交代を控えた宮廷は、すでに不穏なざわめきに満ちている。

セラフィーナにできるのは、訪いを絶やさぬウィラードを待つことだけだ。

「陛下のご容態はいかがですか？」

姿をみせたウィラードにこうたずねるのも、すでに日課となっている。

このところは一進一退だったが、今日はいくらか様子が違っていた。

「それが昨夕よりお目覚めにならないのです」

セラフィーナは身をかたくする。

「ではいよいよ……」

「覚悟をしなければならないようです」

「あのかたが、本当にこの世を去られるのですね」

セラフィーナは呆然とたちすくむ。

ウィラードはそっとその手を取った。

「信じられませんか？」

「いえ……ただ陛下のおいでにならない宮廷というものが、想像できなくて」

「わかります。良くも悪くも、我々にとってあまりにも大いなるかたでしたからね。ですが柱が倒れたからといって、すぐにも王宮が崩れ落ちるわけではありませんから、怯えることはありません」

なだめるように指先を握りしめられる。

セラフィーナはややおちつきを取り戻して、

「そのときがきたら、次はなにが始まるのでしょうか？」

「まずは新王即位の宣言。そして戴冠式に向けて、エリアスの王位を不動のものにするために、バクセンデイル侯が枢密院顧問官を軒並みみずからの派閥の者たちにすげかえるはずです」

　セラフィーナは首をかしげる。

「ですがその任命権は、エリアス王太子殿下にあるのでは？」

「ええ。しかしバクセンデイル侯の力添えがなければなにもできませんから、その指示を仰がないわけにはいかないでしょう。結局はバクセンデイル侯の天下ということになるでしょうね」

「摂政のバクセンデイル侯ですね」

　セラフィーナはおもいきって続けた。

「わたくし、摂政にはウィラードさまが任じられるものと考えておりました。これまでもずっと、陛下の右腕としてご尽力されてきたのですから」

「これでよいのです」

　ウィラードは片頰に笑みを刻んだ。

「それでは新王の外戚となるバクセンデイルが、黙ってはいないでしょうからね。それに先王の庶子という、難しい身分であるわたしに、権力が集中しすぎることを避けたかったのでしょう」

「ですが有力な宮廷貴族には、バクセンデイル侯にまつろわぬ者も少なからずおりますでしょう?」

「ええ。ですから新体制をいち早く構築するために、なにかと理由をつけて宮廷への出入りを禁じられる重臣もでてくるでしょうね」

セラフィーナは心を決め、ウィラードの灰緑の瞳をみつめた。

「つまり有能でありながら不満をかかえる多くの者たちが、ウィラードさまに与してくださるかもしれないのですね」

ウィラードがかすかに目をみはる。

セラフィーナはほほえんだ。

「ウィラードさまは、不遇の身であったわたくしを気にかけてくださった、唯一のおかたです。それがいかなる理由であるとしても、わたくしはウィラードさまのご恩に報いたいのです」

「セラフィーナ」

「信じられるものに命をかけることが幸福な人生であるのなら、いまのわたくしが信じられるものはウィラードさま、あなただけです。あなたのお望みにかなうのであれば、どうかご存分にわたくしをお役だてください」

「それは……」

動かしかけた口をつぐみ、ウィラードは沈黙する。

常に端然と、たとえ優しく笑っていても決して冷静さを崩さない彼が、無防備にも当惑をあらわにしている。

その驚きと迷いを生じさせたのが、まさにこの自分であることに、セラフィーナはとろけるような恍惚をおぼえる。

こんなに心ときめく瞬間が、我が身におとずれるなんて、一年まえまでは想像することすらできなかった。

ウィラードが慎重に問いかける。

「セラフィーナ。あなたはいま、ご自分がなにをおっしゃったのか、理解しておいでですか?」

「わかっております」

セラフィーナはおもむろに、ウィラードの手をおのれの胸に導いた。されるがままの手のひらを、心の臓に押しあてる。この鼓動が、そして流れる血の熱が、どうか伝わるようにと願いながら。

「忘れられた屍であったわたくしに、あなたが命を吹きこんでくださったのです。すでに一度はなくした命を、いまさらどうして惜しむことがありましょう」

未来の閉ざされた小夜啼城での日々の果てに、母は信じるものを見誤ったまま、その命を虚しく散らした。

善意も愛も、もはやとうに信じていない。信じられない。

けれどそんな自分にも、まだ希望を託せるものがある。

「わたくしはあなたを信じます」

その研ぎ澄まされた、揺るぎない野心を。

心の臓に手をおいたまま、ウィラードはささやいた。

「もしも失敗に終われば、あなたまで反逆者に加担したとして、謗られることになるかもしれない」

「気にいたしませんわ。もとより反逆者の娘ですもの」

セラフィーナは軽やかに告げる。

ウィラードは声をたてて笑った。

「これは剛毅な姫だ」

そしてしみじみとセラフィーナをみつめると、

「わたしたちはすばらしい同志になれそうだ。そしてそれ以上にも」

片腕でセラフィーナの腰をひきよせ、残る手でついと顎を持ちあげた。

逆らわずに目をあげると、熱を含んだまなざしに許可を求められる。

セラフィーナは目をつむり、くちづけに身をゆだねた。

やがてウィラードが、そのくちびるを耳許に寄せる。

「ともに玉座に昇りましょう、セラフィーナ」

「あなたがお望みであれば」

人の命は儚い。ときには野辺の草花よりも。

ならばいっそのこと、浮き世の高みに昇りつめてから死にたい。

そのためなら、もはや手を汚すことも厭うつもりはなかった。

7

「いつかこのようなときが来るのではと、覚悟しておりました」

突然の王女の来訪にも動じず、にこやかにもてなしたのはカティア嫗だった。

エレアノール妃の侍女として宮廷にあがり、宮廷貴族に嫁いで子女を育てあげ、やがて親しい者たちが次々と他界すると、二十年ばかりまえに生まれ故郷である小夜啼城に舞い戻り、キャリントン家のひとりとして城の静かな暮らしを守っている。

高齢のためかとても小柄で、ちんまりとしたたたずまいだが、栗鼠のようにくるくるとした瞳がいたずらな少女めいていて、親しみやすい嫗だった。

アレクシアのほうはほとんど記憶がなかったが、エルドレッド王に宮廷まで召喚されたおりに顔をあわせたこともあり、すぐによんどころない事情であると察したうえで、城の者にてきぱきと指示をだしてくれた。

　すでに孫夫婦が立派に当主をつとめているが、いまも矍鑠（かくしゃく）としており、普段からなにかと頼りにされているようである。

「ではやはりもうひとりのわたしについてご存じなのですね」

　古い城館の客室で、アレクシアはきりだした。アレクシアの席のうしろでは、勧められた椅子（いす）を固辞したガイウスが控えている。

　アレクシアが真実と向かいあう戦いに挑んでいるときに、護衛官としてその心を護りたいという姿勢を、身を以てしめすつもりのようである。そこまでせずともと苦笑したアレクシアだが、内心ではありがたく感じてもいた。

「十七年まえにこの小夜啼城でおきたことは、すべてわたくしキャリントン家のカティアが責を負うべきものでございます」

　旅の疲れを癒（い）やす効能があるという香草茶をふるまうと、カティア媼はゆっくりと語りだした。

「おそれながらわたくしは、ご幼少のみぎりより陛下を存じあげたことで、もったいないご信頼をいただいておりました。そのため陛下の秘密のご計画に力をお貸しするよう、お求めになられたのです」

「秘密の計画とは？」

カティア媼はわずかにくちごもった。

「王女殿下は、アシリング家のリエヌさまをご存じでいらっしゃいますか？」

「アシリング……どこかで聞いたことはあるような……」

するとガイウスが身じろぎした。

アレクシアはすかさずふりむき、

「おまえは知っているのか？」

そうたずねると、彼はぎこちなくうなずいた。

「おそらくかつて陛下の愛妾でいらしたかたです」

「愛妾」

これまでに幾人か、父王が寵愛した女人が存在したことは知っている。しかし自分が生まれるまえのことであれば、誰もが顔のない遠い存在でしかなかった。寵をなくした愛妾が、それ以降も宮廷に留まり続けるのは、まずないことだ。

「すべてはそのリエヌさまが、十八年まえにご懐妊されたことに始まります。リエヌさまに対する陛下のご愛情は、格別のものだったのでしょう。ご懐妊をことのほか喜ばれ、いずれ生まれる御子が男児であれ女児であれ、嫡子として迎えられるように、手を打たれたのです」

アレクシアは息を呑んで凍りつく。

「政略結婚で嫁がれたメリルローズ妃とのあいだには、長らく御子を授からず、夫婦仲も冷えきって久しいとのことでした。いつまでも嫡子が得られなければ、ガーランドの国難につながりかねないとの陛下の訴えかけにより、わたくしも心を決めてご協力することにしたのです」

「ではわたしの母が、小夜啼城で一年あまりをすごしたというのは」

「小夜啼城で生まれたリエヌさまの御子を、メリルローズ妃の御子として連れ帰り、嗣子として育てるためです。小夜啼城でおきたことは、外には洩れませんから」

「なんてひどい……」

それはあまりに、正妃の心を踏みにじる策ではないか。

「ではその赤子がわたしなのですか？」

母メリルローズは死に瀕して理性を失うまで、本心をひた隠したまま偽の娘に接していたのだろうか。

するとガイウスが割りこんだ。

「お待ちください。ではそのリエヌさまらしき貴婦人が、修道院に預けた赤子は？　赤子はふたりいたのではないのですか？」

ガイウスが示唆するのは、ディアナのことだろう。彼は彼で、ディアナの育った修道院から足跡をたどっていたのだ。

「おふたりおられました」

カティア媼がひそやかに告げる。

「メリルローズ妃の御子も、同じ日にお生まれになったのですから」

アレクシアは絶句する。

ガイウスも狼狽しながら、

「つまり、それは不義の子であらせられると？」

「ええ。ですから陛下のご命令で宮廷から遠ざけられたことは、メリルローズ妃にとって幸いでもあったわけです。王妃の不貞が明るみになれば、姦通罪として斬首は免れないでしょうから」

ふたりの母親に、ふたりの父親に、ふたりの娘。

その全貌を思い描こうとして、アレクシアはあちこちが穴だらけなことに気づく。

「父親も母親も異なるふたりの娘が、鏡に映したようなそっくりの容姿になるなどということがあるだろうか」

アレクシアがひとりごちると、ガイウスも考えこみながら伝えた。

「わたしの母によれば、そのリエヌさまはグレンスターの縁戚にあたるそうです。とすると……もうひとりの父親は、ひょっとしてケンリック公ですか？」

そう問うガイウスに、カティア媼はうなずきかえす。

「メリルローズ妃はそうおっしゃっておいででした」

「つまりわたしとあの子は従姉妹（いとこ）なのか」

「それは似るわけですね」

ガイウスが納得の息をつく。

次々と明らかになる真相に、アレクシアは息をするのもままならない。

「国王の正妃と愛妾として、いわば敵といえるおふたりですが、陛下のご意向に従うとみせかけながら、密約をかわされました。つまり無事にそれぞれの御子を出産したら、自身の御子を手許において育てようというのです」

その密約は、メリルローズ妃の主導であったという。

それを持ちかけられたリエヌの心境を、アレクシアは想像する。

愛妾のリエヌにとっては、王女として生きる娘の未来を捨てることになるが、その栄誉に固執すれば、メリルローズ妃はじつの娘を手許におけなくなり、自身の娘は生さ（な）ぬ母の恨みを一身に浴びながら生きることになるかもしれない。

かといってメリルローズ妃の不貞を暴いて処刑台送りにしても、愛妾である自分の娘が正統な王女として認められるわけでもない。

そう考えれば、リエヌとしては乗るしかないだろう。

「メリルローズ妃はわたくしどもキャリントン家に対しても、密約に目をつむるつもりがないのなら、グレンスターの手勢をさしむけることも辞さないとほのめかされました」

ガイウスは眉をひそめる。

「それはれっきとした脅迫では？」

「それほどまでに必死でいらしたということでしょう。わたくしもいくらお世継ぎのためとはいえ、陛下のお考えには心から賛同しかねましたので、わたくしの責任において密約に加担することにいたしました。それになにより――」

カティア媼はそこでふと、遠くをながめやるまなざしになった。

「どちらの御子も、かつてお仕えしたエレアノール妃の血をひいておられますから、生みの母親のそばでお健やかに成長していただきたかったのです」

かすかに涙ぐんだ瞳には、静かな哀しみが堆積しているようだった。

長く生きれば生きるほど、雪に埋もれるように、鮮やかな過去の記憶が遠ざかってゆく哀しみ。

エレアノール妃が他界してから、たしかもう三十年以上になるはずだった。

「しかし正妃と愛妾が手を結ぶとは、陛下も予想だになさらなかったでしょうね」

ガイウスの述懐に、アレクシアも同意する。

もしも表沙汰になっていたら、死人が大勢でていたかもしれない。

そのときアレクシアは、自分が重大な見落としをしていることに気がついた。

「カティア媼。けれどわたしは母上の……正妃の娘ではないかもしれない。晩年の母から、おまえなど自分の娘ではないと罵られたことがあるのです」

「本当ですか?」

ガイウスが衝撃を受けたまなざしでふりむく。

そしてすぐさまカティア媼に説明を求めた。

「いったいどういうことです?」

カティア媼はうつむいた。

「取り替えに気がついたときには、すでに手遅れでした。リエヌさまはメリルローズ妃の御子を連れて、この城をあとにされていたのです」

ふたりの女児が同じ夜に生を受け、かつ同じ姿をしていたという偶然がなければ、成立しえない取り替えだった。

そもそも出産を終えたら、リエヌは愛妾の地位に留まることなく、宮廷を離れて暮らすことになっていた。そのための支度金として、あらかじめまとまった額が渡されていたという。おそらくはくちどめの意味もあったのだろう。

それがメリルローズ妃との密約では、産んだばかりの自分の子とともに小夜啼城を去る計画に、変更されたわけである。

「けれどリエヌさまは、メリルローズ妃を恐れておいででした。つまり陛下の御子である自分の娘が、いつかグレンスターに抹殺されるのではという疑いを、拭えずにいらしたのです」

なにしろメリルローズ妃みずからが、すでにグレンスターの兵力をちらつかせているのである。いざとなったら暗殺者をさしむけてくると、危機感をおぼえるのも当然かもしれない。正しく王の血をひくリエヌの娘は、たしかにメリルローズ妃の娘を脅かす存在にもなりうる。

「そこでリエヌさまはひそかに御子を取り替え——それは自分の御子をメリルローズ妃に託すという、陛下の当初のご意向に添うことにもなるのですが——もしものための切り札として、メリルローズ妃の御子を連れ去られたのです」

アレクシアは急くようにたずねた。

「その切り札というのは？」

「もしも取り替えを悟られたとき、自分の娘が育ての母のメリルローズ妃に危害を加えられることのないよう、ひそかに相手の娘を人質にとっていたということです」

「完璧だな」

ガイウスが舌を巻き、カティア媼はかすかに笑む。

「とても思慮深く、賢いかたでおいででしたよ。早くにご両親を亡くされて、ご兄弟ともども苦労なされたようで」

　愛妾として国王の心をとらえ、ある意味あのエルドレッド王と渡りあえた女人だけのことはあったのかもしれない。

　するとガイウスが怪訝そうに、

「しかしメリルローズ妃が我が子と信じて疑わないほど、ふたりの女児が似ていたのだとしたら、どちらがどちらであるかを判じる手段はあったのですか？　服装や飾り紐などで区別をつけていたのなら、それ自体を交換できるかぎり、もはや出生について確信は持てないはずですが」

「ああ、それにつきましては、出産に立ち会ったわたくしがこの目で確認をいたしましたから、疑いの余地はございません」

「とすると身体そのものに特徴が？」

　カティア嫗はうなずき、アレクシアに目を向けた。

「王女殿下は、左の肩甲骨のすぐ下に、ちいさな黒子がございますか？」

「黒子？」

　アレクシアは首をひねる。

「どうだろう……自分で確かめたことはないし、身のまわりの世話をする女官から、あると教えられたこともないが」

「ございませんね」

そう断言したのはガイウスであった。

ひと呼吸おいて、アレクシアは首をねじった。

「なぜおまえが知っている」

「え？」

ガイウスがあからさまにたじろぎ、目を泳がせる。

その不審なさまに、アレクシアはひらめいた。

「あ！　海岸に流れついたあのときだ」

「見ておりません」

「見たのだな」

「いいえ」

「嘘だ」

カティア嫗はこほんと咳をした。

「黒子があるのがメリルローズ妃のお子です。それはまちがいございません」

ではやはりアレクシアは、愛妾リエヌの産んだ娘なのだ。

「リエヌさまのお顔をご覧になりますか？」

おもむろにきりだされて、アレクシアは目をみはった。

「肖像が残っているのですか？」

「そのように大袈裟なものではありませんが、手慰みに絵を嗜むものがおりまして」

カティア媼はあらかじめ用意していたのだろう、卓に伏せてあった紙をさしだした。

ほんの素描にすぎず、流麗な筆致でもなかったが、楚々とした美貌の特徴はよくとらえていた。煙るような瞳の奥に、手折られても手折られても枯れない意志の光のようなものを感じる。

「このかた……一度だけお会いしたことがある」

かたわらからのぞきこんだガイウスは、心当たりがないのか首をひねっている。

「いつのことです？」

「母が死の床についていた時期に、お見舞いにいらしたはずだ。たしか遠方からおいでになられた親族のかたで、きっとこれが今生の別れになるだろうからと……。その帰りがけにわたしをだきしめてくださった。苦しみはすぐに去るから、怖がることはないと。それからのことだ。母が錯乱するようになったのは」

記憶をさぐるうちに血の気がひいてくる。

「姫さまが実の娘ではないと、ほのめかしたのか？」

「わからない。あの時期の母は、すでに痛みをやわらげるための強い薬の作用で、朦朧とすることも多かったはずだから」

動揺するアレクシアをなだめるように、カティア媼が語る。

「そのときにおふたりが、どのようなやりとりをかわされたのかはわかりません。けれどメリルローズ妃が他界されてすぐに、わたくしは陛下に召喚されて、正妃と愛妾の密約の一部始終を告白させられました」

死にぎわのメリルローズ妃は、小夜啼城でみずからも娘を産み落としたことを、エルドレッド王に暴露したのだという。そしてアレクシアが自分の子であり、王の子ではないかもしれないという嘘を吹きこんだ。

あえて疑惑の種を植えつけることで、そもそもの非道を強(し)いたエルドレッド王に、復讐(ふくしゅう)を果たそうとしたのかもしれない。

「わたくしはもちろん、アレクシア王女殿下がたしかに陛下とリエヌさまの御子であるとお伝えいたしました。しかしながらメリルローズ妃のご出産を隠し、陛下を謀(たばか)ったことは事実。その罪はこのカティアの首で償(つぐな)わせていただきたいとも。けれどそうする代わりに、陛下はケンリック公ご一家を投獄されたのです」

いくら怒りに燃えるメリルローズ妃でも、みずから密通の相手を洩らすほど愚(おろ)かではないはずだ。

しかし取り替えが可能であるほどふたりの赤子が似ているのなら、父親の正体はおのずと浮かびあがる。妃と弟の秘めた関係に、王としてもどこか察するものがあったのかもしれない。

その結果として、罪のないセラフィーナ母娘が小夜啼城に送られたとは、なんと皮肉なことだろう。まさにその地で、異母妹のディアナが誕生していたのだ。

セラフィーナとディアナは姉妹だ。にもかかわらず、いまのディアナはセラフィーナの従妹アレクシアを演じている。

その奇怪な歪みに、アレクシアはめまいをおぼえずにいられない。

するとガイウスがおもむろにたずねた。

「あなたがたは、連れ去られた御子のゆくえをご存じでいらしたのですか？」

「聖ギネイラ修道院ですね？　あちらの院長とは顔見知りでした。頻繁にたずねるような仲ではありませんでしたが、おたがいウォルデンの市で薬草を売っておりましたし、半年ばかりしてから、ディアナという名の美しい女の子を預かっていると耳にして、そういうことなのだと」

アレクシアは首をかしげる。

「こちらにいたときに、すでに名が決まっていたのですか？」

「いいえ。ですがケンリック公がメリルローズ妃のことを、ときおり〝わたしの女神〟と呼んでいらしたそうですから」

それならもはや疑いようがないだろう。

リエヌは生まれてまだまもないディアナを連れ去り、メリルローズ妃にちなんだ名の娘として、修道院に預けたのだ。

経緯はどうあれ、ディアナの名には、ささやかな祝福がこめられていた。そうであったはずだと信じたい。しかし——。

「十年まえに修道院が襲われたのは、やはりディアナが目的だったのですね？」

そうたずねると、カティア媼は苦しげに目許をゆがませた。

逃げだしたくなるのをこらえ、アレクシアは続ける。

「メリルローズ妃が他界し、ディアナに切り札としての利用価値がなくなった——むしろわたしのために、生かしておくべきではない存在になったためですか？」

カティア媼は痛ましそうにアレクシアをみつめる。

「おそらくは」

つまりディアナを亡き者にするため、そしてその痕跡すら消し去るために手をくだしたのは、アレクシアの生みの母——アシリング家のリエヌなのだ。

「まだお休みにはならないのですか？」

隣の客室のガイウスが、様子をうかがいにやってきた。

アレクシアは窓腰かけにもたれたまま、力なく笑んだ。

「今夜はとても眠れそうにないからな」

「ではこちらはいかがです？」

ガイウスがかかげてみせたのは、城の者が用意してくれたのだろう葡萄酒の壺だ。

急な訪問にもかかわらず、キャリントン家の人々は心づくしのもてなしをしてくれた。衝撃の余韻のためにあまり食欲がなく、香草をたっぷり使ったご自慢の鶉料理を、存分に味わえなかったのが残念だ。

「……おまえがつきあってくれるのなら」

「そういうことなら喜んで」

二客の杯を持ちあげるガイウスは、最初からそのつもりでやってきたようだ。

窓の向かいに腰かけ、葡萄酒を注いだ杯を渡してよこす。

こくりとひとくち飲みくだし、アレクシアは目をみはる。

「……おいしい。この甘みはなんだろう？」

「林檎とラムで風味づけをしたそうですよ」

甘やかな香気と、まろやかな喉越しがとても心地好い。

いそいそと空の杯をさしだすと、ガイウスは苦笑しながら杯を満たした。

受け取った杯をもてあそびながら、アレクシアはこつりと窓硝子に額をあてる。

いまはのどかな小夜啼城だが、その昔には堀の水が兵士の鮮血で染まるような、激闘が繰り広げられたという。

アレクシアはつぶやいた。

「わたしの両親はひどい人間だな」

「親の罪はあなたの罪ではありませんよ」

「そうだろうか。わたしはこのところ自分が怖くなる」

「なぜです」

真顔で問われて、アレクシアは言葉を探した。

「怒りや、憎しみや、いらだちや……さまざまな感情にふりまわされて、いつしか自分が自分でなくなりそうな気がする」

「それは悪いことではないのでは？　王女はかくあるべきと、長らく抑えこんできた感情が解放されて、あなたらしさを存分に発揮する機会を得られたのでしょう」

「わたしらしさなど、きっとろくでもないものだ。いつか父や母のように、目的のためには虫を潰すように人を殺せる人間になるかもしれない」

「ほんの一瞬しか顔をあわせたことのない、母君のようにですか？」

からかうようにかえされて、アレクシアはくちごもる。

自分が怖いのは本当だ。王女であることをやめたらなにもない——そうであるべきはずの自分に、泉のように湧いてくる感情がある。そのことにとまどい、制御しきれないものを恐れて、血のなせるわざのようにこじつけたがっているだけだ。

しかもそれを王家の血をひくが故と考える矛盾は、王女の称号に対する執着そのものではないのか。

「久しぶりにお目にかかったあなたは、とても生き生きと輝いておられましたよ。あなたの連れに、おもわず嫉妬せずにいられないくらいに」

ガイウスは冗談めかし、杯をかたむけた。

「嫉妬？　リーランドやノアのことか？」

「わたしがおそばにいると、おのずとあなたに王女らしくあることを強いてしまう。それが護衛官であるわたしの限界ですからね」

ため息をかみしめるように、ガイウスは暗い夜空に目を投げる。

誇りと哀しみの入り混じったようなそのまなざしに、アレクシアは胸をつかれた。

この男はいつもこんな顔をしていただろうか。自分の目がくもっていたのか、それとも彼が隠していたのか。

「だからおまえは、わたしを解放しようとしたのか。どこへなりと、好きなように生きればよいと」

「愚かで身勝手な願いでした」

「そんなことはない」

アレクシアは首を横にふった。

「いまとなっては嬉しいことだ。王女としてではない、わたしの幸せを求めることを、おまえが望んでくれたのだから」

そういえばかつて自分も、ディアナに同じことを告げたのだ。

その気になればどこにだって行けるし、何者にでもなれるはずだと。

しかしそれを現実にするのがいかに難しいことか、いまならよくわかる。

「わたしは誰……か」

アデライザ姫も、エルフリーダ姫も、エグバート王も、身分を奪い奪われ、それぞれに苦しみ続けた。

誰しも自分からは逃れられない。自分とは記憶であり感情だ。

そして追い落とされた王女のアデライザ姫は恋に殉じ、王女の誇りに殉じて、みずから死を選んだ。

アレクシアはいまさらながら、深い感慨をおぼえる。

「アデライザ姫は、まさにこの城で死を遂げられたのだな」

小夜啼城にかけつけたカシアス将軍は、地に横たわるアデライザの遺体を、なりふりかまわずかきいだいたという。焼け焦げたアデライザの指には、二世の契りを誓った指輪が虚しく煤にまみれていたとか……。

　ふとガイウスがきりだした。

「その逸話には、まったくの異説があるのをご存じですか？」

「いや？」

アレクシアは首をかしげる。芝居の演出として、死の状況にはさまざまな差異があるらしいが、定説をくつがえすほど大胆なものは知らない。

とっておきの秘密を打ち明けるように、ガイウスは声をひそめた。

「じつはアデライザ姫は、身投げなどしなかったというのです」

「異なる亡くなりかたをしたのか？」

「そうではなく、塔から転落したのは、もとより別人の焼死体だったという説です」

「しかし指輪が……」

　アレクシアははっとして身を乗りだした。

「つまり指輪を嵌めることで、姫の死を偽装したということか？」

「ご明察です。おそらくはどこからか調達してきた遺体を、姫とは異なる容姿をごまかすために、あえて焼いたのでしょう」

「それが焼身自殺の真相だとしたら、城の者たちの協力が不可欠になるが」

「ありえないこととはいえないのでは？」

ガイウスがかすかに口の端をあげる。

「うん。うん。そのとおりだ」

アレクシアは二度、三度とうなずいた。

当時のキャリントン家にも、カティア媼のような心意気の持ち主がいれば、アデライザ姫の不遇を憐れんで、力を貸したかもしれない。

小夜啼城の秘密は外には洩れない。小夜啼城ではなにがあってもおかしくはない。

アレクシアはこの異説に、すっかり心奪われてしまった。

「それから姫は？　城を離れ、どこぞで生きておられたのか？」

「彼女の足跡については、あいにく手がかりは残されていません。しかしカシアス将軍のほうは、姫の死を機に公職を辞し、一説ではローレンシアに移り住んだという古い記録があるとか」

「ローレンシア？」

「ええ。同時代人の日記でも、わずかにふれられている箇所があるとのことで。なんでもカシアス将軍はローレンシアで、みごとな金髪の、美しい女人と仲睦（むつ）まじく暮らしておられたと」

アレクシアは息を呑む。

たしかに南方のローレンシアで、淡い髪色はめずらしい。

それだけで決めつけることはできないし、非業の死を遂げたとされる人物が、ひそかに落ち延びていたという伝説もありがちなものだ。

けれどアレクシアはその異説を信じたかった。

「遠いローレンシアの地で、彼女は自由を手にしたのだな」

アレクシアにとっては、幸福な未来を思い描けない土地であった。

そのローレンシア行きが頓挫してから、もう何年も経ったかのようだ。

だがアレクシアが王宮に戻れば――戻ることができたならば――いずれはレアンドロス王太子に嫁ぐという未来が待っていることに変わりはない。

たちはだかる現実が、ふたりの口をつぐませる。

たとえ好きあおうと、ふたりに未来はない。

そもそも未婚の王女と情をかわすことは――そう疑われただけでも、大逆罪として極刑に処される危険があるのだ。

アレクシアはふとつぶやいた。

「しかしわたしはもはや王女ではないのだな」

ガイウスはとまどいながら、

「王の娘であることには変わりないでしょう？」

「だが正妃の産んだ娘ではないのだから、あくまで庶子の扱いになる」

それはまず公にはできない秘密となるだろう。政略結婚において、庶子の価値はほとんどないも同然だ。

「正統な王女ではないわたしが、それを隠したままローレンシアに嫁ぐというのも、なんだか痛快ではあるが……正直なところ実感はないな、腑に落ちたことはあるが」

「というと？」

なんともいえない顔つきで、ガイウスが先をうながす。

「長じてからのわたしは、いつも陛下に値踏みをされているように感じていた。わたしが本当に自分の娘なのか、疑惑を捨てられずにいらしたのなら、当然のことだろう。それに母上に……」

胸に走る痛みとともに、アレクシアは言いなおした。

「メリルローズ妃に罵られたのも、わたしが娘でないと知ってのことなら、むしろお気の毒だ」

ガイウスが遠慮がちにきりだす。

「ご病床のメリルローズ妃について、わたしに打ち明けてくださったことはありませんでしたね」

アレクシアは飲みかけの杯に目を落とした。

「それは……恥じていたから」

「恥じる？」

アレクシアは訥々と口にした。

「おまえはご両親に愛されてきただろう。口ではあれこれうるさく文句をつけていても、おまえを誇りに感じているのが伝わってくるし、おまえは愛されるに足る立派な息子だ。それに比べて……」

乱れる息を継ぎ、けんめいに続ける。

「わたしは幼いころから至らないことばかりで、そのために父にも母にも拒絶されたのかもしれないと。だからこれからはもう、そんなふうに考えずにすむのだとしたら、わたしはむしろほっとして――」

そのとき杯の葡萄酒に波紋が広がった。

アレクシアははっとして目許を拭おうとする。だがその手は頬まで届かなかった。

跳ねた葡萄酒が床に散り、息を呑んだときには、すでにガイウスの腕にだきすくめられていた。

「あなたがご自分を責めるなんてまちがっています」

「ガイウス」

強くかきいだかれて息ができない。

「恥じることもない。誰よりもそばで、誰よりも長くあなたを見守り続けたわたしが、誰よりもあなたを誇らしく思っているのですから」

とたんにこらえていた涙があふれでた。

「わたしの言葉が信じられませんか？」

「……信じていいのか」

「武人は嘘が苦手です」

「父親譲りだな」

アレクシアはかすかに笑い、ふたたび涙がこぼれ落ちる。

するとガイウスがわずかに身を離した。おもむろにアレクシアの頬を両手でつつみ、身をかがめて寄せたくちびるで、涙を吸いとった。

おもいもよらない行為に、鼓動が跳ねあがる。

驚きすぎて抵抗できずにいるうちに、ガイウスは首をかしげ、涙の跡に次々とくちづけを落としてゆく。くちびるを押しあてられるごとに、火傷(やけど)のような熱が散り、肌の奥まで浸みこんで、心の臓が締めつけられる。

ガイウスがアレクシアの瞳をのぞきこんだ。

「とまりましたね」

「え？」

「涙ですよ」

「あ」

たしかにすでに新たな涙は流れていない。だからといって、いきなりこんな方法をとるとはどうかしている。

アレクシアは燃えさかる肌をもてあましたまま、弱々しくガイウスを睨みつけた。

「……塩辛くないのか」

「甘いですよ」

「嘘だ」

「本当です」

恥ずかしげもなく断言されて、こちらのほうが恥ずかしくなる。

アレクシアはあたふた手をのばし、ガイウスの胸を押しのけた。

「そもそもどういうつもりなのだ。こんなところを見咎められたら、大変なことになるというのに」

「ご心配は無用です。小夜啼城の秘密は洩れませんから」

ガイウスは悪びれもせずにきりかえす。

アレクシアはしばし唖然とした。

「おまえ……悪党だな」

「とうにご存じかと」

ガイウスが楽しげに眉をあげたときだった。

遠慮がちに扉が叩かれ、ふたりは窓の両端に飛びのいた。

「ど、どうぞ」

意味もなく髪をなでつけながらうながすと、恐縮しながら姿をみせたのは、燭台を手にしたカティア媼である。

乏しい灯りのせいだろうか、媼は顔色が優れないようだ。

「長旅でお疲れのところを申しわけありません」

「なにかご用でしょうか」

かしこまった相手の様子に、アレクシアもおもわず居住まいを正した。

「さきほどランドールの王宮から伝令鳩(ばと)が飛んでまいりまして、おふたりにも一刻も早くお伝えするべきかと」

急速に肌の火照りが失(う)せてゆく。

きっと悪い知らせだ。

息を呑むふたりに、カティア媼は告げた。

「エルドレッド国王陛下がご逝去(せいきょ)されました」

つづく

※この作品はフィクションです。実在の人物・団体・事件などにはいっさい関係ありません。

集英社オレンジ文庫をお買い上げいただき、ありがとうございます。
ご意見・ご感想をお待ちしております。

● あて先
〒101-8050 東京都千代田区一ツ橋2-5-10
集英社オレンジ文庫編集部 気付
久賀理世先生

王女の遺言 3

ガーランド王国秘話

集英社
オレンジ文庫

2021年9月22日 第1刷発行

著者 久賀理世
発行者 北畠輝幸
発行所 株式会社集英社
〒101-8050東京都千代田区一ツ橋2-5-10
電話 【編集部】03-3230-6352
【読者係】03-3230-6080
【販売部】03-3230-6393(書店専用)
印刷所 株式会社美松堂/中央精版印刷株式会社

ISBN 978-4-08-680405-9 C0193

集英社オレンジ文庫

高山ちあき

藤丸物産のごはん話

恋する天丼

社員食堂で働く杏子は二か月前に
ぶつかった際に優しくしてくれた、
男性社員を探していた。
訳あって顔はわからず、手がかりは
苗字に「藤」がつくことだけで…？